षडयंत्र

एक परिवार, एक खेल...और मोहरे हैं सब

जगनन्दन त्यागी

KAVYA
PUBLICATIONS

Publisher:

SDR INNOWAYS INDIA PVT. LTD.
667, Rajaward, Kulpahar, Mahoba - 210426

Imprint:
KAVYA PUBLICATIONS
Plot No.107C, Hanuman Khand, Gulabvatika, Behta Hazipur, Loni-UP (Near Dilshad Garden Delhi) NCR -201102

Mob. : 7905266820
Website : www.kavyapublications.com
E-Mail : info@kavyapublications.com

ISBN : 978-93-6431-971-3
Price : 333 /-
Year : 2025

This book is printed at MTL and published by author Ajay Agrawal, CEO of SDR Innoways India Pvt. Ltd. Kulpahar Mahoba with its imprint and centre, Kavya Publications Delhi.

डिस्क्लेमर

यह पुस्तक षड्यंत्र पूर्ण काल्पनिक कथा है इसके पात्र स्थान घटनाएँ सब कुछ पूर्ण रुपेण काल्पनिक है कोई प्रसंग किसी घटना से मिलता है तो महज केवल इत्तेफाक होगा।

विशेष उल्लेख

इस किताब को इस रूप में लाने के लिए मैं मिसेज रितु कमल त्यागी मेरी भांजी और जितेंद्र सिंह सेक्रेटरी के मोरल सपोर्ट और कंस्ट्रक्टिव एटीट्यूड के लिए धन्यवाद करता हूँ ईश्वर उनकी उन्नति में सहायता करें।

अनुक्रमणिका

अध्याय-1
षड्यंत्र होते रहते हैं

षड्यंत्र तब से होते रहे हैं जब से मानव अस्तित्व में आए। धीरे-धीरे षड्यंत्रों की शक्ले बदलती चली गई। वास्तव में अपना प्रभुत्व जमाने की, अपना अधिक पाने की, अनेक रूपों में, मतलब यही रहा मैं, हम, कैसे, उनसे सबसे ज्यादा प्रभावशाली रहे, सशक्त बने, दूसरों का हिस्सा, प्यार, प्रभाव, सुख, चैन, आदि – आदि अनेक विषयों में कैसे आगे रहे।

समर्थ लोग षड्यंत्र कम ही करते हैं अपितु अक्सर षड्यंत्रों के शिकार ही अधिक होते हैं।

राजनीतिक, सामाजिक, वर्ग विशेष, धर्म विशेष, कार्य क्षेत्र विशेष, सब में षड्यंत्र का बोलबाला देखा जा सकता, षड्यंत्रकारी, कुशल बुद्धि, मेहनती, कार्य कुशल हो सकते हैं परंतु उनकी प्रकृति ऐसे ही होती है वह सोचते हैं षड्यंत्र ही अच्छा रास्ता है।

कभी-कभी तो षड्यंत्रकारी स्वयं भी षड्यंत्र में फंस जाते हैं फिर भी वह यही रास्ता अच्छा समझते हैं।

सबसे अधिक असहनीय होता है पारिवारिक षड्यंत्र जिसमें, विश्वास का हनन ज्यादा होता है। पुराने जमाने की सिनेमा में राजा का दीवान, बड़ा या छोटा भाई, राज हथियाने के

लिए करते थे। आजकल पारिवारिक षड्यंत्र के बिना टीवी सीरियल भी नहीं चलते, जनता भी षड्यंत्र वाले सीरियल कहानी, नावेल, ज्यादा पसंद कर रहे हैं।

हम आपको एक सभ्रान्त मॉडर्न पढ़े लिखे परिवार में बिना मतलब के षड्यंत्र के बारे में एक लघु कथा बताने जा रहे हैं।

मिस्टर रवि रंजन सिंह सरकारी नौकरी से रिटायर्ड सीनियर अफसर है, वह अपनी 35 वर्ष की सर्विस के बाद रिटायर्ड हुए, उनके पास उस समय अपना चार बैडरूम फ्लैट है एवं एक 350 वर्ग गज में बनी कोठी भी है, गांव में पुश्तैनी 50 बीघा जमीन कृषि भूमि एवं 30 बीघा का आम का बगीचा भी है, रवि रंजन सिंह 60 वर्ष की आयु के बाद अब सर्विस से रिटायर हुए, तो उनकी ग्रेच्युटी पेंशन आदि में करोड़ से ज्यादा कैश मिला, एवं उनकी मन्थली पेंशन भी लगभग 1लाख महीने के करीब थी, मतलब यह कि उनका रिटायरमेंट भी उन्हें समृद्धि ही दे गया। उनके पास अपनी एक कार, अच्छा बैंक बैलेंस महीने की पेंशन भी महीने की सैलरी जैसी ही रही कंपनी मेडिकल सर्विस भी अच्छी ही देती है। अपना घर गांव में कृषि भूमि और आम का बाग इतना सब एवं व्यक्ति को सम्मानित व्यक्ति कहने के लिए काफी ही नहीं बहुत अच्छा है।

उनके परिवार में उनकी पत्नी, बड़ी बेटी, जिज्ञासा, दूसरा बेटा रमन, तीसरा बेटा रुकन है। जिज्ञासा की शादी डॉक्टर रोहित से हुई है उनका एक बेटा है जो एक अच्छे पब्लिक स्कूल

में फर्स्ट में पढ़ रहा है। उनका बेटा रमन, अब एक प्राइवेट फॉर्म में सीनियर मैनेजर है और उसकी पत्नी देविका भी इस फॉर्म में मैनेजर के पद पर है। उनका छोटा बेटा रुकन एमडी कर रहा है। उसकी शादी अभी तक नहीं हुई है, हां उसकी गर्लफ्रेंड रागिनी साथ ही एमडी कर रही है। सब यही मानते हैं वह रागिनी, अपनी गर्लफ्रेंड से ही शादी करने वाला है। जिज्ञासा जी पब्लिक स्कूल बान फ्री पब्लिक स्कूल में प्रिंसिपल है। वह शहर का टॉप पब्लिक स्कूल माना जाता है। जिज्ञासा के पति डॉक्टर रोहित शहर के जाने–माने फिजिशियन है।

रवि रंजन सिंह का भरा पूरा परिवार है। उनकी पत्नी का शहर में पहले नंबर पर पार्लर है जिनकी वह संचालिका भी है। रवि रंजन सिंह की पत्नी रोहिणी सिंह का शहर में काफी नाम है और इनकम भी कम नहीं है, रवि रंजन सिंह को एग्रीकल्चर से जो भी इनकम होती थी, उसे वह नियमित रूप से रियल स्टेटमेंट में निवेश करते रहते थे। इसके कारण उनका यह निवेश फ्लैट एवं प्लॉट में ज्यादातर होता था। जब तक मिस्टर सिंह सर्विस में थे, उन्हें सरकारी आवास की सुविधा रही और उनका कोठी वाला घर किराए पर चलता रहा था। उनका 4 बीएचके वाला फ्लैट भी किराए पर चलता था। रिटायरमेंट के बाद उनके परिवार उनके 350 वर्ग गज वाले कोठी वाले घर में शिफ्ट हो गए और रवि रंजन सिंह ने एक 4 बीएचके वाला फ्लैट अपनी सबसे बड़ी पुत्री जिज्ञासा को गिफ्ट कर दिया, जिसकी वर्तमान में कीमत 5 करोड़

से कम नहीं थी, जबकि कोठी वाला घर 20 करोड़ से ऊपर आका जा सकता था।

जहां उनके दोनों पुत्रों रमन और रुकन की बात थी उन्हें अपने पापा को अपनी पुत्री उनकी बड़ी बहन को 4 बीएचके फ्लैट देने से खुश थे। उनके मम्मी पापा भी प्रसन्न थे। वही रमन की पत्नी देविका को यह बहुत नागवार गुजरा था, परंतु ना उसने प्रोक्ष रूप से कहा और ना ही परिवार ने इस पर ज्यादा जोर देना चाहा, परंतु देविका के मन में जलन और नाराजगी घर कर चुकी थी। अपनी बड़ी ननद जिज्ञासा से उसे ईर्ष्या होने लगी थी। यहां यह बताना आवश्यक है कि सिंह परिवार देविका के वेतन से एक पैसा भी घर में नहीं लेते थे। उनका पूरा वेतन आमदनी उसकी अपनी थी, जबकि घर खर्च सारा और देविकी का पॉकेट मनी परिवार वहन करता था।

रमन से भी सिंह परिवार कोई भी कंट्रीब्यूशन नहीं लेता था। हां वह स्वयं अपने परिवार में छोटे भाई, बड़ी बहन, अपनी पत्नी, मां पापा को समय–समय पर गिफ्ट देना नहीं भूलता था, वरना उसका सारा वेतन उसी का रहता। मम्मी पापा उससे घर खर्च के लिए कुछ नहीं लेते थे। घर अपना था ही और मिस्टर रवि रंजन सिंह की पेंशन ही लाखों रुपए थी। गांव की कृषि भूमि आम के बाग से काफी आमदनी हो जाती थी। रवि रंजन का दूसरा बेटा एमडी कर रहा था। मिसेज रोहिणी सिंह और मिस्टर

रवि रंजन सिंह अपनी बड़ी बेटी को हर अवसर पर उन्हें यह अच्छा गिफ्ट तथा त्योहार पर मनी गिफ्ट भी करते रहते।

घर में मम्मी पापा जी का गिफ्ट देना देते रहना देविका को नापसंद था। वही वह यह भी नहीं चाहती थी कि उसका पति रमन भी अपनी बहन जिज्ञासा को कभी भी कोई भी गिफ्ट दे।

जिज्ञासा को उसके पापा का गिफ्ट किया 4 बीएचके डीलक्स फ्लैट शहर के पोश एरिया में था। जिज्ञासा अपने परिवार पति डॉक्टर रोहित और बेटे अलंकार के साथ शिफ्ट कर लिया। रवि रंजन सिंह ने इस फ्लैट की गिफ्ट डीड रजिस्टर्ड करा दी थी जिज्ञासा के नाम। जब जिज्ञासा और डॉक्टर रोहित इस फ्लैट में शिफ्ट किये उस समय गृह प्रवेश की पार्टी रखी गई थी। सब दोस्त रिश्तेदार गृह प्रवेश पार्टी में शामिल हुए, परंतु देविका पार्टी में आई और गृह प्रवेश के अवसर का एक गिफ्ट भी लेकर आई, बस आई जरूरत से ज्यादा लेट होकर, हालांकि रमन सिंह उसके पति पहले से ही वहां समय से मौजूद थे। जिज्ञासा के भाई अपनी बहन के फंक्शन में मन से प्रसन्न सम्मिलित हुए। देविका ने देर से आने का बड़ा हास्यापद बहाना बताया, पर उसकी बात पर परिवार में कोई खास महत्व नहीं दिया। सब देविका सिंह को जानते थे।

जिज्ञासा देविका को भली–भांति जानती थी। वह यह भी जानती थी देविका उन्हें पसंद नहीं करती, फिर भी बड़ी नंद होने के नाते कभी भी देविका का तिरस्कार किसी भी रूप में नहीं

करती थी। वह 'क्षमा बडन को चाहिए' वाला सिद्धांत देविका के विषय में स्पष्ट करती थी। जिज्ञासा बहुत ब्राड माइंडेड थी। शहर के सबसे अच्छे पब्लिक स्कूल के प्रिंसिपल होने के कारण पूरे शहर में अच्छा नाम रखती थी। देविका अपने पति के साथ एक ही कंपनी में मैनेजर थी, कार्य कुशल न होने के कारण उसे हमेशा अपना जॉब जाने का डर सताता रहता था। हालांकि उसका पति रमन कंपनी के सीनियर मैनेजर था और कार्य कुशल एवं व्यवहार कुशल होने के कारण कंपनी में बहुत अच्छी पोजीशन रखता था। उसके जल्दी ही चीफ मैनेजर बनने के आसार लगाए जा रहे थे।

एक ओर रवि रंजन सिंह अपने भरे पूरे और सभ्रान्त परिवार को लेकर संतुष्ट और गर्व महसूस करते थे, वही वह अपनी बेटी के साथ, अपने पुत्रवधू देविका सिंह के व्यवहार और ईर्ष्या पूर्वक प्रति व्यवहार को लेकर अत्यंत दुखी हो जाते थे। परंतु कह कुछ नहीं पाते थे, वह अपनी पुत्रवधू के लिए किसी प्रकार का निर्मम व्यवहार ना सोचते थे ना करते थे। अपितु हमेशा यही सोचते भी थे और कभी–कभी कहते भी थे। परिवार में पुत्री का स्थान पुत्रवधू के बराबर का होना चाहिए और हमारे परिवार में है, और सभी चाहते भी हैं। देविका जिज्ञासा अपनी बड़ी और एकमात्र नंद का सम्मान करें और किसी प्रकार का उसके प्रति जलन या ईर्ष्या ना रखें। पर देविका थी कि उसकी जिज्ञासा के प्रति – दिन प्रतिदिन व्यवहार और बर्ताव सुधर नहीं रहा था। अपितु देविका पूरक होती जा रही थी। रिटायरमेंट के बाद रवि

रंजन सिंह खालीपन महसूस करने से पहले से ही एक रियल स्टेट कंसल्टेंसी 'परम सिंह एंड एसोसिएट' रजिस्टर्ड कर लिए थे। उनका बहुत सारा करियर स्टेट प्रशासन के साथ–साथ स्टेट डेवलपमेंट अथार्ड्डिज के सीईओ के रूप में रहा था। सिंह एवं एसोसिएट फॉर्म जल्दी ही अपने एरिया की एक अच्छी कंपनी के रूप में विकसित हो गई और रवि रंजन सिंह एक व्यस्त बिजनेसमैन के रूप में स्थापित हो गए।

परम सिंह एंड एसोसिएट कंपनी में शुरू से ही रवि रंजन सिंह के एक विशिष्ट साथी और स्टेट सार्वजनिक सेवा की कंपनी से एमडी रिटायर हुए उनके परम मित्र श्री राजीव कपूर एक डायरेक्टर के रूप में जुड़े थे। धीरे–धीरे कंपनी अच्छी रेपुटेशन एवं प्रगति के साथ आगे बढ़ रही थी। रवि रंजन सिंह केवल अपनी पुत्रवधू देविका और बड़ी बेटी जिज्ञासा के बीच बढ़ रही देविका की ईर्ष्या और जलन से परेशान थे। साथ तो नहीं रहती थी, दोनों अलग–अलग होने पर भी, देविका की वजह से ग्रह क्लेस किसी से छुपा रहस्य नहीं रह गया था।

यह एक दिन रवि रंजन सिंह अपने पारिवारिक फंक्शन में फंक्शन पार्टी समाप्त होने पर अपने सभी मेहमानों के पार्टी की समाप्त होने पर चले गये रवि रंजन सिह ने अपने परिवार, जिज्ञासा और रोहित को रोक लिया आज वह कुछ बातें सबसे करने वाले थे।

रवि रंजन सिंह – अपने बड़े बेटे रमन और उसकी पत्नी देविका से बोले रमन देविका मुझे आपसे क्या आप सभी से कुछ बातें करनी है।

रमन सिंह – हां पापा बताइए क्या बात करनी है।

देविका सिंह – पापा हमने ऐसा क्या कर दिया आपको बात करनी पड़ रही है।

रमन सिंह – देविका, पापा किसी से बात कर सकते हैं इसमें होना या ना होना क्या है।

देविका सिंह – मैं सब जानती हूं क्या बोलना चाहते हैं पापाजी।

रोहिणी सिंह – क्या हो रहा है देविका इन्होंने (रवि रंजन सिंह) अभी कुछ कहा नहीं, पूछा नहीं और तुम अभी से ओफेन्सीब हुए जा रही हो।

देविका सिंह – मम्मी जी देख लेना पापा जिज्ञासा जीजी और मेरी ही बात करेंगे, मुझे गलत ही ठहराया जाएगा, अपनी बेटी को आप सब ने सिर चढ़ा कर रखा है।

रुकन सिंह – भाभी क्या सोच रही हो जो है ही नहीं उसकी क्या बात जीजी तो हम सबसे बड़ी है वह तो तुम्हें बहुत प्यार करती है मानती भी बहुत है।

रमन सिंह – रुकन सबसे छोटा है, पर सबसे ज्यादा समझदार। देविका तुम बिना बात की ही बात बढ़ा रही हो।

रोहिणी सिंह – सब शांत रहे। इधर–उधर की बातें नहीं पापा कुछ बातें करना चाहते हैं, उन्हें बोलने दो।

रवि रंजन सिंह – रमन क्या तुम जानते हो, देविका को ऑफिस में कुछ समस्या आ रही हैं।

रमन सिंह – नहीं पापा मैं नहीं जानता ऐसी कोई बात है।

देविका सिंह – पापा सही कह रहे हैं मुझे ऑफिस में अनेकों समस्या आ रही हैं बास डाटता रहता है। सभी सबोर्डिनेट सुनते नहीं, लगता है मुझे नौकरी से निकलवाना चाहते है।

रमन सिंह – ऐसी क्या बात हो गई जो सभी तुम्हारे खिलाफ चल रहे हैं। बाँस भी, सबोर्डिनेट भी, और हमें पता ही नहीं जबकि हम भी वही काम कर रहे हैं।

देविका सिंह – रमन सिंह तुम्हें मेरी कोई चिंता हो या मेरी मदद करनी हो, तो पता चले भी, ऑफिस तो क्या घर में भी मेरे साथ क्या अन्याय हो रहा है तुम्हें पता है। बस हर वक्त मम्मी जीजी करते रहते हो मेरे लिए तुम्हारे पास टाइम ही कहां है।

रुकन सिंह – क्या अतिशयोक्ति पूर्ण बातें कर रही हो भाभी, भैया तो तुम्हें बहुत प्यार करते हैं।

रवि रंजन सिंह – मुझे कुछ खास बातें करनी थी, पर अब आज नहीं शनिवार शाम सब मिलकर बैठेंगे बातें करेंगे, अभी तो रमन तुम देविका की शिकायत दूर करो और पता लगाओ देविका सिंह को ऑफिस में किन समस्याओं और क्यों सामना करना पड़ रहा है।

रमन सिंह – पापा

देविका सिंह – पापा जी आप नाराज हो गए क्या।

रोहिणी सिंह – ऐसा कुछ नहीं सब आराम करो। सो जाओ काफी देर पहले ही हो चुकी। बातें हम सब शनिवार को ही करेंगे।

रमन सिंह – ओके मम्मी

जिज्ञासा– गुड नाइट एवरीबॅडी

डॉ रोहित – गुड नाइट एवरीबॅडी

अलंकार – गुड नाइट सबको मुझे भी नाना नानी जी।

रोहिणी सिंह – गुड नाइट

रवि रंजन सिंह – गुड नाइट शनिवार बात करेंगे।

रमन सिंह – अच्छा तो चलते हैं।

रवि रंजन सिंह परिवार में रवि रंजन सिंह जो बातें करना चाहते थे वह टल गई। शनिवार तक के लिए, इस बीच देविका सिंह सबसे ज्यादा नाराज और उत्तेजित व्यवहार करती रही, रमन सिंह ने देविका से बातें पता लगाने का प्रयास किया, उसे उसके अपने घर में और अपने कार्य क्षेत्र, कार्य स्थल पर क्या परेशानियां आ रही है और क्यों, वह उन्हें सुलझाने की क्या कोशिश कर रही है या करनी चाहिए।

जिज्ञासा अपने स्कूल के दिनचर्या में और उसके पति डॉक्टर रोहित अपने प्रैक्टिस में अति व्यस्त व्यक्ति हैं। उन्हें समय का हमेशा अभाव रहता है। फिर भी वह शनिवार को जिज्ञासा के साथ पापा मम्मी की मीटिंग में अवश्य जाएंगे। शनिवार को ऐसा इन दोनों ने आपस में तय कर लिया था। उनके पुत्र अलंकार को तो नाना नानी के पास जाते रहने का अवसर हमेशा अपेक्षित रहता था। नाना नानी उसे बहुत प्यार जो करते हैं, उसकी सभी जिद पूरा करते रहते हैं, मामा रमन और मामा रुकन अलंकार को बहुत अच्छे लगते हैं, दोनों मामा दी बेस्ट हैं उसके लिए हैं। तो देविका मामी भी ठीक, परंतु वह कभी उसकी शरारतों पर खेलने पर गुस्सा जो करती है इसीलिए अलंकार अपनी मामी देविका सिंह से कभी कोई बाल सुलभ डिमांड नहीं करता। हां मामी उसे ज्यादा पसंद नहीं लगती, अलंकार अपनी मामी से कहता रहता है

'मामी तेरी हंसी की कीमत बता दे तू' बच्चे स्वभावित्व होते हैं कौन प्यार करता है कौन नहीं खूब समझते हैं।

एक दिन डॉक्टर रोहित अपनी पत्नी जिज्ञासा और अपने बेटे अलंकार के साथ ड्राइंग रूम में बैठे बात कर रहे थे। रमन सिंह अपने ऑफिस से लौटते हुए जिज्ञासा (अपनी जीजी) के घर होते आए वहीं पर बातें होने लगी।

रमन सिंह – जीजा जी नमस्ते, आजकल क्या चल रहा है।

डॉक्टर रोहित – नमस्ते सब सामान्य हैं।

रमन सिंह – और जीजी आपके स्कूल में और क्या–क्या अच्छा हो रहा है।

जिज्ञासा – स्कूल अच्छा कर रहा है, पूरी कमिश्नरी में सबसे अच्छा माना जा रहा है। हमारा स्कूल ही नहीं विद्यार्थी (स्टूडेंट) भी बहुत अच्छा कर रहे हैं।

अलंकार – अरे मामा मुझसे पूछो अब मैं 5 साल का हो गया हूं। मैं भी अब मम्मी के जूनियर वाले स्कूल में पहली क्लास में दाखिला लेने वाला हूं। मैं भी बहुत अच्छा विद्यार्थी (स्टूडेंट) बनूँगा।

रमन सिंह – हमारा भांजा अच्छा ही नहीं सबसे अच्छा है और अब दाखिला लेकर विद्यार्थी (स्टूडेंट) भी अच्छा बन जाएगा। यह रही तुम्हारी सबसे अच्छी वाली चॉकलेट।

अलंकार ने अपनी चॉकलेट मामा से ली और उन्हें धन्यवाद कहा और अपनी केयरटेकर के पास चला गया।

जिज्ञासा – रमन, यह देविका की क्या समस्या है। ऑफिस में, घर में, तुमसे मम्मी पापा से और मुझसे इसे क्या प्रॉब्लम है भाई, इसे ठीक करो देर होने से पहले मैं तो हमेशा उसे छोटी

भाभी ही नहीं अपनी बहन से ज्यादा मानती हूं। यह चल क्या रहा है भैया।

डॉक्टर रोहित – क्या कह रही हो। देविका पढ़ी–लिखी, समझदार, स्मार्ट मैनेजर है। घर में सब उसे प्यार करते हैं, इज्जत देते हैं, एम.बी.ए टॉपर है। वह मैनेजर बन चुकी है, और अपने काम में श्रेष्ठ है, फिर दफ्तर में भी घर में भी समस्याएं हैं मुझे बताओ मैं क्या कह रहा हूँ आपके घर में रमन आजकल अलंकार भी देविका से खींचा–खींचा सा रहता है, वह शिकायत नहीं करता, हमें एहसास होता है।

रमन सिंह – जीजा जी मुझे नहीं लगता उसे कोई समस्या है या हो रही है ना दफ्तर में ना घर में मुझे तो लगता है आजकल वह जलन और ईर्ष्या में फंस गई है। उसकी समस्याओं का कोई समाधान नहीं कर पाएगा। उसे स्वयं ही अपने आप से निपटना पड़ेगा।

जिज्ञासा – भैया रमन उसे समझाओ उसे इससे क्या फायदा होने वाला है। और हां रमन, कहीं पापा यही बातें तो हम सबसे नहीं करने वाले है।

रमन सिंह – लगता है पापा सब भाँप गए हैं, आखिर उन्हें जिंदगी का लंबा चौड़ा तजुर्बा है। समझते देर नहीं लगती उन्हें और हां हमारी कंपनी जिसमें देविका काम करती हैं, झिल मिल लिमिटेड में पापा के दोस्त मैनेजिंग डायरेक्टर है। वही पापा के दोस्त रवि राजेशेखर राव। उन्होंने भी पापा से देविका के विषय में बात की होगी।

जिज्ञासा – और घर में मम्मी है। वह पार्लर ही नहीं घर भी चला रही है कुशलता से। तरह–तरह के ग्राहक आते हैं उनके पास। पारिवारिक विषय में वह विशेषज्ञ है।

रमन सिंह – जीजी समस्या कुछ और गंभीर है देविका की। इसमें आपका सहयोग वांछनीय है।

डॉक्टर रोहित – जिज्ञासा रमन सिंह की मदद तुम्हें भी करनी पड़ेगी आखिर भाई है तुम्हारा छोटा।

जिज्ञासा – मैं जिम्मेदारियों से कभी ना भागी हूँ, ना कभी पीछे हटी हूँ, ना अब ऐसा होगा।

रमन, डॉक्टर रोहित और जिज्ञासा ने कॉफी समाप्त की, तीनों इस वार्तालाप के पश्चात एक साथ हंसने लगे। डॉक्टर रोहित बोले भाई मुझे तो हॉस्पिटल से कॉल है जाना पड़ेगा। आप दोनों भाई बहन बैठो और समस्या का हल ढूंढो। पापा जी की अदालत में हम सबको शनिवार को शामिल होना है मैं भी शनिवार को उनके सामने हाजिर हो जाऊंगा जिज्ञासा रमन और डॉक्टर रोहित कार तक साथ आए। रोहित बॉय कह कर अपनी कार से अस्पताल के लिए निकल गए। डॉक्टर रोहित चले गए जिज्ञासा और रमन दोनों भाई–बहन कुछ देर सोसाइटी के लॉन में खड़े–खड़े बातें करते रहे। रमन सिंह ने अपनी बहन से कहा जीजी देविका का मैटर आसान नहीं लगता। ऑफिस में अपने साथियों के साथ लड़ने पर आवाज तेज हो जाती हैं, साथियों की कुछ सुनती नहीं और न ही समझती हैं। पता नहीं अब मैनेजमेंट क्या फैसला लेगा, उसके लिए घर में भी जली–कटी बातें करती है। खास कर आपके बारे में जीजी बुरा मत मानना हम सब तुम्हारे लिए जैसे पहले थे वैसे ही हैं, परंतु देविका पर जलन और ईर्ष्या सवार है। अलंकार हम सबकी आंखों का तारा है, उससे भी खींची–खींची बातें करती है। वह तो 5 सालों का अबोध बच्चा है। जीजा जी कैसे उच्च कोटि के इंसान भी हैं, डॉक्टर भी हैं, परंतु यही देविका को अच्छा नहीं लगता। हम मम्मी पापा जी का स्वभाव जानते हैं, उनके लिए हम सब बराबर हैं, हम सभी, देविका भी, यह भी देविका की समस्या है। क्या करें, क्या ना करें समझ

में तो बिल्कुल नहीं आ रहा है। कहीं हमे अलटीमेटली उसे डिवोर्स देने का विकल्प ही न लेना पड़े। जिज्ञासा ने रमन को समझाते हुए कहा रमन ऐसी कोई समस्या नहीं होती, जिसका समाधान ना हो। तू चिंता मत कर सब ठीक हो जाएगा देविका अपने आदर्श से भटक गई लगती हैं। हम सब का फर्ज है उसकी मदद करें, सहायता करें सब दिन सामान नहीं होते जल्दी ही उसे सब समझ में आ जाएगा। शनिवार को तो सब पापा जी के कोर्ट में हाजिर हो रहे हैं।

जिज्ञासा – हां वहां तो सबको हाजिर होना ही पड़ेगा पापा दी ग्रेट का आर्डर जो है।

रमन सिंह – बस तो फिर वहीं मिलेंगे शनिवार को अब चलते हैं। रमन बहन जिज्ञासा के पास से अब अपने घर के लिए निकल गए।

अध्याय-2

खास शनिवार

खास शनिवार रवि रंजन सिंह के परिवार में

शनिवार आ गया आज शाम परिवार में पापा जी ने सबको विशेष बात करने का अवसर दिया है। वह क्या विशेष बात करेंगे किसी को पक्का तो पता नहीं, परंतु सब यह जरूर सोच रहे हैं, मामला देविका से जुड़ा हो सकता है। सब सोच ही रहे थे, पता किसी को नहीं था। आज घर में इस ग्रैंड मिटिंग का एजेंडा क्या है। शनिवार सबने लंच एक साथ किया और फिर सभी जैसा रवि रंजन ने कहा था ड्राइंग रूम में एक साथ बैठे। अलंकार, जिज्ञासा के बेटे को केयरटेकर लेकर सोसायटी के बड़े पार्क में चली गई थी।

सब बैठे और हर कोई सोच रहा था पापा क्या बताएंगे क्या कहेंगे अब।

रवि रंजन सिंह – रोहिणी आज हम यहां मेरा पूरा परिवार है मैंने यह तय किया है कि

रोहिणी सिंह – बताइए क्या कहना चाह रहे हैं सभी आपको सुन रहे हैं।

रूकन सिंह – मम्मी पापा आप लोग आज क्या खास करने वाले हो।

रमन सिंह – पहले पापा को कहने तो दो।

जिज्ञासा – रमन और मैं हमें पापा की हर बात मंजूर होती है, बचपन से। डॉक्टर रोहित – आज सिंह परिवार में मैं और देविका ही दूसरे परिवारों से हैं, हालांकि सिंह परिवार अब हम सबका भी है।

रोहिणी सिंह – आप रोहित और देविका दोनों हमारे सिंह परिवार के अति विशिष्ट सदस्य हैं।

देविका सिंह – मम्मी जी यह सिर्फ कहने के लिए हैं या वास्तव में हम अति विशिष्ट हैं।

रवि रंजन सिंह – देविका बेटे क्या आप नहीं जानते हैं हमारे परिवार में आप और रोहित को अति विशिष्ट माना जाता है। आप हैं और सदा रहोगे। देविका तुम्हारी मम्मी (सासू मां) अपनी विशिष्ट स्थान को पाती रही है।

रूकन सिंह – भाभी गारंटी मिल गई।

देविका – चुप।

रमन सिंह – देविका जरा मॉडर्न मानती है, अपने आप को।

रवि रंजन सिंह – रूकन, तुम्हारी गर्लफ्रेंड रागिनी।

रूकन सिंह – पापा मेरे साथ ही एमडी कर रही है, क्या बात है, क्यों पूछ रहे हो।

रवि रंजन सिंह – तुम उससे शादी करना चाहते हो, उससे शादी करोगे और हां क्या वह तुमसे शादी करना चाहती हैं।

रूकन सिंह – पापा क्या यही मीटिंग का पहला एजेंडा है।

रोहिणी सिंह – हां यही समझो। तुम्हारे पापा वास्तव में यही जानना चाहते हैं, तुमसे जो पूछा गया है, वह बताओ।

रवि रंजन सिंह – अगर आप और रागिनी (तुम्हारी गर्लफ्रेंड) शादी करना चाहते हैं तो हमें कोई एतराज नहीं।

रूकन सिंह – पापा वो ओबीसी से है।

रवि रंजन सिंह – तो क्या हुआ लड़की तुम्हें पसंद तो है हमें भी पसंद, उसका ओबीसी होना इसमें रुकावट का कारण नहीं हो सकता है।

रूकन सिंह – हम दोनों शादी करने का एक दूसरे को वादा कर चुके हैं। रागिनी का परिवार उन्हें भी इस रिश्ते पर एतराज नहीं है। हां एक बार पक्का करने से पहले उनसे सहमति लेनी होगी रागिनी को।

रोहिणी सिंह – ठीक है, जल्दी से पता करो और फैसला करो।

रुकन सिंह – मम्मी, एक हफ्ते में पता करके बताता हूं।

रोहिणी सिंह – रुकन इससे लेट नहीं।

रवि रंजन सिंह – हमें रुकन तुम्हारी शादी तुम्हारी एमडी होते ही करवानी है।

जिज्ञासा – पापा इतना जल्दी।

रोहिणी सिंह – हम चाहते हैं रुकन का भी घर बसे जल्दी से।

रमन सिंह – पापा मम्मी अपनी कहानी हर चीज के लिए हर बात के लिए बनाकर चलते हैं।

डॉक्टर रोहित – अच्छी बात है।

देविका सिंह – पता नहीं पापा रुकन की शादी के लिए इतनी जल्दबाजी क्यों कर रहे हैं।

रुकन सिंह – सुनो सब पापा जी और मम्मी जी ने जो कह दिया सो कह दिया, अब हमारी शादी इसी गर्मियों में होगी।

इस पर बात खत्म की गई और अब सबके लिए काफी आ गई कॉफी पीते काजू खाते सब अब रवि रंजन के अगले एजेंडे के इंतजार में थे कुछ देर इधर–उधर की बातें भी चली फिर रवि रंजन सिंह ने कहा।

रवि रंजन सिंह – रमन बेटे और देविका बेटी आप लोगों की क्या विकट समस्या है। जिसके रहते देविका परिवार से कटी – कटी रहती है। पहले सब साथ मिलजुल कर रहते थे और हंसी खुशी माहौल था। पिछले तीन–चार महीनों से चीजें बदली – बदली सी क्यों है, सीधे सवाल का सीधा जवाब दोगे तो अच्छा होगा।

रमन सिंह – मम्मी आप तो जानती हैं आपकी बहू जरा तुनक मिजाज है, वैसे जैसे पापा कह रहे हैं ऐसी तो कोई बात है नहीं।

रोहिणी सिंह – रमन पापा ने क्या कहा सुना नहीं, सवाल का सीधा जवाब, आज कोई भी बात घुमायेगा नहीं शर्मायेगा नहीं।

तुम्हारे पापा सदा साफ और सीधी बात करते हैं उन्हें लॉग लपेट वाली बातें कभी भी अच्छी नहीं लगती।

रमन सिंह – ठीक है मम्मी, क्षमा करे।

देविका सिंह – मैं भी घुमावदार से ज्यादा सीधी बातों में विश्वास करती हूं। मैं जैसी हूं, मेरे चेहरे पर वैसा आ जाता है साफ कहना सुखी रहना मेरा सिद्धांत रहा है।

रोहिणी – परंतु तुम्हारा रवैया तो ऐसा है नहीं, समय – समय पर कटाक्ष करना नाराजगी वाला चेहरा रखना, सबसे, घुलना मिलना तो ऐसा लगता है तुमने छोड़ दिया है। अब आज जो बातें हो रही हैं तो अपनी कहना जरूर और सुनने की भी हिम्मत रखना।

देविका – मम्मी आप मुझ पर नाराज हो गई लगती है । मेरा कुछ कहना आपको गलत लगा है क्या।

रमन – देविका ऐसा कुछ नहीं, मां सबको बराबर मानती है और सबसे प्यार करती हैं किसी का पक्ष नहीं, लेती, और न किसी पर गुस्सा होती है।

जिज्ञासा – मीटिंग पापा जी बुलाए हैं उन्हें तो कुछ बोलने दो वह क्या सोच रहे होंगे, है न पापा।

रुकन – दीदी हम लोग तो मौहोल को वार्मअप कर रहे है। फिर तो पापा ने बोलना है और सबने सुनते रह जाना है।

डॉक्टर रोहित – पापा एकदम साफ और निष्पक्ष होते हैं। पापा जी आपने जिस मकसद से हमें यहां बुलाया है बताइए ऐसी क्या खास बात है।

देविका – कुछ तो खास होगा वरना पापा यहां सबको एक साथ बुलाते नहीं।

रवि रंजन सिंह – सीधे सब लोग देविका पर बात करेंगे, अब आज उसकी सभी उन समस्याओं का जिनका हमारा परिवार समाधान कर सकता है करेंगे। हां तो देविका आज की यह पारिवारिक बैठक तुम्हारे लिए ही है बोलो।

देविका – मुझे ऑफिस जाना अच्छा नहीं लगता है। मुझे लगता है सब मुझे घूर रहे हैं। मुझे घर में भी ऐसा ही महसूस होता है मानो यहां सब मेरी बिल्कुल चिंता नहीं करते, बस सब कुछ जिज्ञासा जीजी के लिए ही हो रहा है

रोहिणी – देविका ऐसा तुम्हें कब से और क्यों लगता है।

रमन – मम्मी पापा

रवि रंजन सिंह – रमन नहीं, देविका को बोलने दो आज यह बैठक उसी के लिए है और किसी की प्राथमिकता बाद में आएगी। हां तो देविका ऐसा लगने का कारण।

देविका – पापा आपने बिना किसी से बात किये जिज्ञासा दीदी को 10 करोड रुपए का फ्लैट उपहार में दे दिया, हमें क्या, हमारे लिए क्या कुछ भी नहीं।

रोहिणी – जिज्ञासा तुम्हारी ननद है, इस घर की बेटी है उसे यह फ्लैट तो देना ही था यह खरीदा ही गया था जिज्ञासा के लिए।

देविका – हमारे लिए कोई सोचता ही नहीं हम भी तो इस घर की बहू हैं।

रमन सिंह – अरे हम सब रह तो रहे हैं इस पारिवारिक कोठीं में जो 50–60 करोड़ से कम नहीं है।

देविका – आप चुप रहिए, मुझे पापा ने पूछा है उन्हें मैंने बताया है।

रूकन – भाभी बस इतनी सी बात ही है, यह तो रही आपकी फ्लैट की मांग। आपकी आफिस मे क्या समस्या है।

रवि रंजन – हां तुम्हारे आफिस मे ऐसा क्या होता है या तुम्हें लगता है।

देविका – आजकल मेरा मन ऐसा ही रहता है, सब पर गुस्सा आता है, सबको डांट देती हूं, और वह मेरा बॉस जो रमन सिंह का दोस्त है, वह पिद्दी सा लड़का मेरे काम में नुक्स निकालता रहता है।

रवि रंजन सिंह ने सब की बातें सुनी ही थी देविका ने अपने मन का गुबार कम कर लिया, सब बता दिए। जिज्ञासा थोड़ी खिन्न थी, रवि रंजन सिंह, ने उसे समझाया, तेरी छोटी

भाभी है माफ कर दे उसे। रमन सिंह देविका का डिपार्टमेंट क्या उसके एमडी से प्रार्थना करके बदला जा सकता है। इससे देविका के कार्य क्षेत्र में स्थिति बदल जाएगी। यह देविका के लिए भी अच्छा हो सकता है, तो देविका बेटी बोलो क्या करें, तुम्हारे लिए, सब शांत बैठे रह गए कोई–कुछ नहीं बोला, शांत, देविका के उत्तर की प्रतिक्षा में।

रमन सिंह – देविका क्या तुम्हें ऑफिस में चेंज चाहिए, कुछ दिन पहले तो तुम्हारी रेटिंग टॉप पर थी।

देविका – मुझे वैसे तो कभी कोई परेशानी नहीं हुई बस घर का गुस्सा ऑफिस मे आ जाता था।

रवि रंजन सिंह – देविका अगर घर में सब ठीक तो ऑफिस में भी ठीक हो जाएगा, तुम्हारी सारी समस्या घर है।

देविका सिंह – शांत कुछ नहीं बोली थोड़ी देर में, पापा में ऑफिस में सब ठीक कर लूंगी।

रवि रंजन सिंह – वाह बेटी देविका ऑफिस में तुम ठीक कर लोगी। IIM से टॉपर हो। घर की तुम्हारी समस्या का समाधान हमें करना है और हम अभी करेंगे जरूर करेंगे।

रवि रंजन सिंह – हमारे तीन बच्चे हैं जिज्ञासा, रमन, रुकन, तीनों ही हमारे दृष्टि में समान है। एक फ्लैट 10 करोड़ का अगर हमने अपनी बेटी दामाद को गिफ्ट किया है। तो हमने रमन देविका और रुकन व उसकी पत्नी के 10 करोड़ का सिमिलर फ्लैट उसी पोश सोसाइटी में रखे हैं। हम सोच रहे थे रुकन की शादी होगी तो इन दोनों कपल को गिफ्ट देंगे। हम रुकन की शादी का इंतजार कर रहे थे।

रमन – हमें पापा आप पर सदा विश्वास रहा है।

रुकन – मुझे भी।

जिज्ञासा – पापा आपने मुझे क्यों जल्दी दिया, देविका नाराज हो गई।

रोहिणी सिंह – अब क्या सोच रहे हैं।

रवि रंजन सिंह – सोचना क्या

अब नहीं देविका को उसके जन्मदिन, या रुकन की शादी होने के साथ दे देते। अब रुकन की शादी 2 महीने में कर ही रहे हैं।

अगले सप्ताह रमन देविका की एनिवर्सरी है अब उसका भी इंतजार नहीं, रुको मैं अभी आता हूं, उठकर अपने रूम से एक फाइल लेकर आए।

देविका – पापा आप मेरी बात से हर्ट हो गए क्या।

रोहिणी – पापा पर विश्वास रखना था।

रवि रंजन सिंह ने एक बड़े फ्लैट टावर – 11 की उसी सोसाइटी में वैसा ही फ्लैट रमन और देविका को गिफ्ट कर दिया था। उसके पेपर देविका के हाथ में दे दिए

रवि रंजन सिंह – रमन यह आप दोनों का ज्वाइंट ओनरशिप का 10 करोड़ वाला फ्लैट है।

देविका – थैंक्स पापा और अपने ससुर के चरण स्पर्श किया सॉरी पापा सॉरी पापा कहने लगी।

रोहिणी – रुकन तुझे अभी चाहिए या शादी होने के बाद तुम्हें जॉइंट गिफ्ट कर देंगे।

रुकन – मम्मी बस अपने बेटे को इतना ही जानती हो।

रवि रंजन सिंह – चलो अब सब एक साथ डिनर करते हैं। अरे अलंकार को बुलाओ।

भागता हुआ अलंकार आया नानू आपने मुझे बुलाया क्या बात है बताओ, मैं क्या कर सकता हूं आपके लिए। नाना जी बोले मेरी कोई समस्या नहीं सब सॉल्व हो गया राजा। अब हम साथ डिनर करेंगे। सबने मिलकर डिनर किया और सबने अपने–अपने मन में इस सबसे बडी घटना का अपने–अपने तरीके से विश्लेषण किया। जीजा और जिज्ञासा अलंकार को लेकर अपने घर चले गए

रमन, देविका और रुकन अपने बेडरूम में जाकर कुछ देर बाद सो गए। बस अब घर में रवि रंजन सिंह और रोहिणी सिंह जाग रहे थे। उनके लिए जिज्ञासा के प्रति देविका का ऐसा एटीटयुड, आशा नहीं थी।

रंजन सिंह – रोहिणी आज के घटनाक्रम पर आपकी क्या राय है।

रोहिणी – मै जिज्ञासा के प्रति देविका के मन में भरी कटुता समझ नही पायी, आज देविका ये सब छिपा नहीं पायी, सब बाहर आ गया।

रवि रंजन सिंह – रोहिणी देविका का यह सब कहना करना, सोचना सही तो बिल्कुल नहीं ठहराया जा सकता। आज दैविका बराबर का फ्लैट मिलने से कुछ शांत हो गयी है, परंतु यह इतने से ही रुकने वाला नही और कुछ सोचना पड़ेगा, कुछ करना होगा।

रोहिणी सिंह – क्या करने की सोच रहे हो आप।

रवि रंजन सिंह – अभी तो सोचा नहीं, समझ में नहीं आ रहा है हाँ सोच समझकर फैसला लेंगे, घर में यह सब आवांछनीय है रोहिणी सिंह

रोहिणी सिंह – मैं आपसे सहमत भी हूं और आपके सदा साथ हूं।

रवि रंजन – धन्यवाद, अब सो जाओ।

जिज्ञासा, डॉक्टर रोहित, अलंकार अपने फ्लैट पर पहुंचते हैं। अलंकार काफी थक गया था आज उसका लान में खेलना कुछ ज्यादा ही हो गया था। आज डॉक्टर रोहित अपने क्लीनिक और हॉस्पिटल नहीं जा पाए थे। उन्होंने मिस काल देखकर अपने पेशेंट से बात की कुछ को सलाह दी और कुछ को अगले दिन का अपॉइंटमेंट दे दिया। इस बीच जिज्ञासा ने कुछ अपना पेंडिंग कार्य किया। कुछ देर बाद रोहित ने जिज्ञासा सें बात की

जिज्ञासा – सुन रहे हैं डॉक्टर रोहित।

डॉक्टर रोहित – क्या बताना चाह रही हो। मेरा मन आज खिन्न हो गया। मुझे देविका की कुछ बातें ठीक नहीं लगी

जिज्ञासा – आज मेरे लिए कहाँ अच्छा रहा, मैं देविका को कितना प्यार करती हूं, मानती हूँ और वह

डॉक्टर रोहित – मानता हूं देविका का तुम्हारे प्रति मन में विकार असहनीय है। आपको उसकी बातों ने बहुत हर्ट भी किया है। उसे अपनी बड़ी ननद जो उससे बहुत प्यार करती हैं, ऐसा सोचना कहना नहीं चाहिए। जिसकी सोच इतनी छोटी है उससे क्या गिला क्या अफसोस मन में कुछ मत रखना।

जिज्ञासा – मैं जानती हूं मैं, अपने भाई रमन को भी जानती हूं मैं सब जानती हूं उसने मुझे पूछ भी लिया था और अग्रिम क्षमा मांग रहा था जबकि उसकी तो कोई गलती नहीं थी।

डॉक्टर रोहित – ठीक है मुझे तुम्हारी चिंता है अब सो जाइए आराम भी जरूरी है।

जिज्ञासा – गुड नाइट

डॉक्टर रोहित –गुड नाइट

रुकन अभी तक जाग रहा था उसके लिए आज की घटना आश्चर्यजनक थी। देविका इतना गलत सोच रखती हैं हमारी बड़ी

बहन जिज्ञासा के लिए। हमारे घर में यह सब चल रहा है और हम बेखबर हैं। रमन भाई बहुत अच्छे हैं पर हमें देविका भाभी से यह उम्मीद ना थी पापा कितने अच्छे हैं, देर नहीं लगाई 10 करोड़ का फ्लैट दे दिया भाई भाभी को मेरे लिए भी पहले से सोच रखा है हमारे पापा ग्रेट हैं आखिर पापा किसके हैं रुकन के, मेरी रागिनी की शादी के लिए एकदम सहमत है, जबकि पता है कि वह ओबीसी से हैं, पर उनके लिए रुकन, रागिनी पुत्र, पुत्र वधू होंगे।

मम्मी भी कम नहीं अपने तीनों बच्चों और उनके भविष्य के लिए योजनाएं रखते हैं, मम्मी इज अलसो ग्रेट।

रमन भैया, जिज्ञासा दीदी मेरा कितना ख्याल रखते हैं। मानो मैं अभी बड़ा नहीं हुआ, बच्चा ही हूं, उनका सबसे छोटा भाई। पापा ने तो कमाल की प्लानिंग कर रखी है। मम्मी की ब्यूटी पार्लर की सीरीज है पूरे शहर में उनका नाम है परंतु घर में वो बस मां होती हैं। हम तीनों ही उनको प्रिय हैं। हमारी मम्मी निष्पक्ष परंतु सख्त मिजाज है। मम्मी है, मम्मी जैसी, ऐसा ही सोचते सोचते रुनक भी निंद्रा में चले गए।

अध्याय-3

देविका अभी भी शांत नहीं

देविका अभी भी शांत नहीं, अपितु गुस्सा थोड़ा शांत हुआ है। मिला शुभ समााचार, देविका को भी रु 10 करोड़ वाला फ्लैट, उस सोसाइटी में मिल गया जिसमें जिज्ञासा को मिला था और रुकन को भी वही 10 करोड़ वाला फ्लैट मिलने वाला था। देविका अभी भी, सोच रही थी पापा मम्मी ने जिज्ञासा जीजी को क्यों दिया इतना महंगा फ्लैट हमारा हिस्सा ही गया ना कितना कमाते हैं जीजा जी, जीजी और दोनों को उनके ससुराल से भी बहुत कुछ मिल गया ऐसा देवीका सोच रही थी वह सोच सकती थी परंतु कर कुछ नहीं सकती थी उनको रवि रजन सिंह उसके ससुर और रमन सिंह उसके पति ने बिल्कुल क्लियर कर दिया था रवि रंजन सिंह और रोहिणी सिंह दोनों की पूरी प्रॉपर्टी उनके तीनों बच्चों में बराबर जाएगी जिज्ञासा नहीं अपितु देविका के पति रमन और देवर रुकन भी यही सोच रखते थे।

यही कारण था देवीका 10 करोड़ का फ्लैट पाकर भी खुश नहीं थी शांत भी नहीं थी बस थोड़ा गुस्सा कम लग रहा था। जब से जिज्ञासा को रवि रंजन ने 10 करोड़ का फ्लैट उसके जन्मदिन पर दिया था अलंकार जिज्ञासा के बेटे से वह प्यार नहीं करती थी अभी वह जलन और ईर्ष्या के कारण सही व्यवहार भी नहीं कर रही थी।

रमन सिंह की अपनी कंपनी में चीफ मैनेजर के पद पर वही पोस्टिंग हो गई वह अपना प्रोफेशन और पोस्टिंग नवनति नगर स्टेट की फाइनेंशियल कैपिटल माने जाने वाले शहर में ही मिलने

से बहुत प्रसन्न थे। देविका का अभी प्रमोशन नहीं हुआ था वह रमन से काफी जूनियर थी कंपनी में उसके पद में सुधार तो जरूर हुआ परंतु वह दूसरे विभाग में बदली हो गई इसके लिए भी वह अप्रत्यक्ष रूप से जिज्ञासा को ही जिम्मेवार मान रही थी।

रमन सिंह – मम्मी ग्रैंड पार्टी करो मेरी पदोन्नति हुई है चीफ मैनेजर पद पर, वह भी इसी ऑफिस में यही नवनति नगर में।

रोहिणी – बधाई हो बेटा पार्टी जरूर होगी और बड़ी होगी।

देविका सिंह – बेटे के प्रमोशन पर मम्मी फूली नहीं समा रही। जिज्ञासा जीजी और रोहित जीजा जी को अभी तक नहीं पता चला रमन का प्रमोशन हुआ है। मेरा पता नहीं पापा कभी होगा भी या नहीं।

रोहिणी – तेरा भी समय आने पर जरूर होगा प्रमोशन, जिज्ञासा को तुमने ही तो बताना है या बता दिया।

रमन सिंह – मैंने उन्हें सबसे पहले बताया है और वह मिलने आ रही हैं शाम को थोड़ा लेट आ पाएंगे।

देविका – देखा मम्मी रमन ने मुझसे और आपसे पहले जिज्ञासा को बताया है। हमें बताने का मौका कहाँ देते हो आप ऐसा ही होता है हमेशा, और ऐसा ही होते रहने वाला है। ऐसा ही करता है पूरा परिवार जिसमें मेरा अपना पति भी है।

रमन सिंह – देविका क्यों अपने आप को कोसती रहती हो। खुद तो सारा परिवार तुम से प्यार करता हैं और सब सम्मान करते हैं तुम्हारा।

रोहिणी – आज रमन का प्रमोशन हुआ है यहीं पोस्टिंग मिली है उसकी खुशी में हम सब अत्यंत खुश हैं देविका बेटा बस करो आज यह सब नहीं।

देविका – मम्मी जी।

रोहिणी – नहीं आज नहीं और नहीं। रवि रंजन सिंह ने रमन को कहा बधाई बेटा।

रमन – पापा आज मैं बहुत खुश हूं धन्यवाद है यह सब आपके आशीर्वाद का फल मिला है मुझे।

देविका सिंह – पापा जी कुछ आशीर्वाद ऐसा मुझे भी देना मैं भी सीनियर मैनेजर बनना चाहती हूं।

रवि रंजन सिंह – तुम देविका, बनोगी जल्दी बहुत जल्दी सीनियर मैनेजर क्यों नहीं बनोगी जब हमारा पूरा आशीर्वाद है तुम्हारे साथ।

डॉक्टर रोहित – सभी को गुड इवनिंग

जिज्ञासा – सबको नमस्ते सबको प्यार।

अलंकार – सभी को गुड नाइट नानाजी, नानी जी, मामा जी, मामी जी और रुकन मामू एवं एक स्वर में, जीते रहो जीते रहो बेटा अलंकार।

जिज्ञासा – रमन बधाई तो मैं तुम्हें पहले ही दे दी है। यह बताओ पार्टी कब हो रही है। देविका तुम खुशखबरी कब दे रही हो।

देविका – जीजी

जिज्ञासा – हां देविका, तुम्हें दो–दो खुशखबरी देनी होगी।

रोहिणी – हमें भी इंतजार है।

रवि रंजन सिंह – हम भी लाइन में है खुशखबरी सुनने को देविका से। तो देविका बेटा कब सुना रही हो खुशखबरी हमें और हमारे परिवार को इंतजार है।

देविका – पापा जी,

रमन – पापा जी जल्दी ही।

रवि रंजन – फोन पर किसी से बात होती है, बड़ा अच्छा समाचार दिया है। आपने धन्यवाद फोन के बाद।

हां तो देविका हम बता रहे हैं तुम्हारा प्रमोशन सीनियर मैनेजर की पोस्ट पर हो रहा है। और तुम्हें विभाग का मुखिया भी बनाया जा रहा है अभी–अभी तुम्हारे एमडी राजशेखर राव का फोन था, कह रहे थे तुम्हें डिपार्टमेंट हेड और सीनियर मैनेजर बनाए जाने के आदेश जल्दी ही आने वाले हैं। अब तो खुश हो ना।

देविका – हां पापा जी मैं बहुत खुश हूं जिज्ञासा की ओर देखा जरूर पर कोई संबोधन नहीं।

जिज्ञासा – बधाई हो देविका अभी तो दूसरी खुशखबरी मिलने वाली है।

देविका – धन्यवाद जीजी आप कह रही हो तो होगी ही।

डॉक्टर रोहित का प्रयोगशाला सहायक आया और उन्हें एक लिफाफा देकर चला गया, डॉक्टर रोहित ने लिफाफा खोलकर उसमें से एक रिपोर्ट निकालकर पढी और खुश होते हुए बोले बधाई देविका तुम मां बनने वाली हो, रमन तुम बाप बन रहे हो। यह तो परिवार के लिए वास्तव में सबसे बड़ी गुड न्यूज है आज की।

रोहिणी सिंह खुशी से देविका मां और मैं दादी बनने जा रही हूँ रवि रंजन की और देखकर आप दादा बन रहे हैं। परिवार में खुशियों का आदान–प्रदान चलता रहा। सब ने बैठकर चाय पी, मिठाई खाई और हर एक – देविका को दो खुशी की बधाई देते रहे।

अध्याय-4

रुकन रागिनी इंगेजमेंट

रुकन सिंह रागिनी की सगाई हो गयी। एक महीना बीतते–बीतते रुकन सिंह और रागिनी दोनों ने यह तय कर लिया था कि बस अब उनकी एमडी पूरे होते ही दोनों शादी कर लेंगे। रुकन के पापा रवि रंजन सिंह और उनके परिवार पहले ही रूकन से कह चुके थे। अपनी गर्लफ्रेंड से भले ही वह ओबीसी से हैं वह शादी करें उन्होंने स्वीकृति ही नहीं अपितु रुकन को आदेश दिया था, कि वह रागिनी (उसकी गर्लफ्रेंड) और रुकन एमडी पूरे होते ही शादी करें उन्हें रागिनी रूकन के लिए पसंद भी थी और उन्हें उसका ओबीसी होना कोई मायने नहीं रखता था। रागिनी ने भी अपने पापा, मम्मी और भाई के साथ इस रिश्तो की चर्चा की और रूकन ने भी रागनी के मम्मी पापा से उनकी सहमति मांगी और स्वीकृति मिली।

रागिनी – पापा मम्मी आज रुकन आया है आपसे मिलना चाहता है।

रक्षक कुमार – वह तो आता ही रहता है आज क्या कुछ खास है। मेरी भी जरूरत है क्या।

रागिनी – पापा वह ड्राइंग रूम में है चलो मम्मी, चलो भैया आप भी आज खास हैं।

संजीव बाली पापा – जरूर बेटा जरूर चलो।

रानी रूपमती बाली – आप चले मैं आ रही हूं।

रागनी रुकन के पास बैठ गई उसके भैया, पापा, मम्मी, सब बैठे, नमस्ते आदान–प्रदान।

कुछ बातें, एम.डी पूरी हो रही है, दोनों की आदि आदि बातें हो रही हैं।

अब रागनी – पापा, मम्मी, मैं और रुकन ने एक फैसला किया है उसके लिए आप सब की स्वीकृति चाहिए। आशा है आपका आशीर्वाद और सहमति मिलेगी।

संजीव बाली – रुकन आप और रागनी,

रुकन – यस सर, रागनी की मम्मी की और देखकर, यस मैडम।

रक्षक कुमार बाली – ऐसा क्या फैसला और किसके लिए आप दोनों को हमारी, मम्मी, पापा की सहमति चाहिए।

रानी रूपमती बाली – रागनी बोलो कौन सा फैसला और कैसी सहमति हमारी।

रुकन सिंह – रागनी और मैं शादी करना चाहते हैं

रागनी – के मम्मी, पापा भाई, भाभी, बहन, जीजा, सब को यह रिश्ता पसंद है और वह चाहते भी हैं वह ऊंची जाति नीची जाति नहीं मानते।

रूकन सिंह – हां सर मेरे परिवार को पसन्द है स्वीकृत है यह रिश्ता।

रागनी – मम्मी, पापा, भैया आप माने और यह रिश्ता पक्का हो जाएगा।

संजीव बाली – मैं रवि रंजन सिंह को अच्छे से जानता हूं वह बहुत अच्छे विचारों वाले प्रगतिशील इंसान है।

रानी रूपमती बाली – मुझे तो यह रिश्ता अच्छा लग रहा है। मुझे अच्छा लगेगा। हमारी बेटी उस घर में जा रही है।

संजीव वाली – मुझे भी मंजूर है यह रिश्ता। मुझे प्रसन्नता होगी इस रिश्ते के हो जाने पर।

रागिनी बाली – और आपको भैया क्या कहना है।

रक्षक कुमार – मियां बीबी राजी क्या करेगा काजी

मुझे पसंद भी है, मंजूर भी है हमारी बहन रुकन से शादी करेगी मैं अपनी बहन के हमेशा साथ हूं।

संजीव बाली, रानी रूपमती बाली रक्षक कुमार बाली सब रवि रंजन सिंह के घर औपचारिकता पूर्वक, गए, बातें हुई सरल, सहज रिश्ता इतनी जल्द बनेगा पता न था। तब रुकन रागिनी का रिश्ता पक्का हुआ और संजीव बाली ने एक सोने की अशर्फी नेग में रुकन को दी। और सगाई का दिन और तारीख पक्की की। आज इंगेजमेंट होने वाली है। रवि रंजन के घर में शादी समारोह में दोनों परिवारों के कुछ रिश्तेदार और पंडित रामनरेश त्रिपाठी सामाजसेवी और रवि रंजन सिंह, संजीव बाली के साझा मित्र विशेष रूप से इस सगाई में आए।

स्वागत, अभिनंदन, गले मिलना सब होते–होते सभी मेहमान, रवि रंजन सिंह के घर में विशेष बने सभागार में बैठ रहे, कुछ बातें कुछ हंसी, मजाक, कुछ इधर–उधर की बातें चलती रही। भोजन कक्ष में भी भोजन और बातें होती रही।

पंडित रामनरेश त्रिपाठी ने बताया ऐसा अच्छा रिश्ता करके श्री रवि रंजन सिंह के परिवार और संजीव बाली परिवार ने सामाजिक उदाहरण स्थापित कर दिया है। यह मिसाल पेश की है दोनों ने और बता दूँ यह दोनों मेरे परम मित्र हैं।

रवि रंजन सिंह – हां रामनरेश मैं, संजीव बाली का आभारी हूं । इन्होंने अपनी होनहार पुत्री का विवाह मेरे बेटे रुकन से किया है रागिनी अब हमारी बहू ही नहीं बेटी भी है।

रामनरेश त्रिपाठी – रवि रंजन यह आपका बड़प्पन है। आप दोनों ने रिश्ते की एक मिसाल कायम की है।

संजीव बाली – रामनरेश जी आप सही कह रहे हैं। रवि रंजन सिंह जी एक महान इंसान है। रागनी का रिश्ता लेना हमारे लिए गर्व की बात है हम उनके परिवार की यह कि कृतज्ञता याद रखेंगे। श्री रवि रंजन सिंह का आभार करता हूं।

रानी रूपमती वाली रोहणी सिंह के साथ आकर लैठी – रागिनी बिटिया और हमारे बेटे रुकन सिंह का यह रिश्ता हम सबके पास आने का अवसर भी है हम सब रानी रूपमती वाली और श्री संजीव बाली का आभार प्रकट करते हैं।

रामनरेश त्रिपाठी जी के पैर छूकर आशीर्वाद लेकर रुकन और रागिनी ने कहा, अंकल आप इतने बड़े समाज सेवक हैं हमें ऐसा लग रहा है आपके चरण स्पर्श करके हमने दो बड़े समाजों का मिलन देखा है। हम दोनों आप के आशीर्वाद के लिए आभार प्रकट करते हैं

कोने में एक ग्रेट सिटी टाइम का रिपोर्टर अपनी कल की स्टोरी पर काम कर रहा था। अगले दिन ग्रेट सिटी टाइम के पहले पेज पर इस सरल सहजता के समारोह और दो समाजों के मिलन की स्टोरी छपी थी। रुकन रागिनी के फोटो बड़े सुंदर लग रहे थे। रामनरेश त्रिपाठी का आशीर्वाद भी चमक रहा था।

अध्याय-5

देविका फिर और अशांत

रुकन का रागनी के साथ इंगेजमेंट हो गया, पार्टी बड़ी साधारण पर शानदार हुई थी। रागिनी का रुकन के साथ आज के पेपर में पहले पेज पर फोटो छपा हुआ था। इस इंगेजमेंट की चर्चा भी बहुत हुई थी। रामनरेश त्रिपाठी जी ने इस इंडियन इन्टरकास्ट मैरिज को बहुत ही विशेष बना दिया था। एक प्रसिद्ध समाजसेवी ने इस तरह होने वाली शादी के इंगेजमेंट को ही विशेष बना दिया था। ग्रेट सिटी टाइम से पहले ही रात के टी.वी. प्रसारण में भी इस इंगेजमेंट सेरेमनी के चर्चे आ गए थे। बस यही वह बात थी जिससे रात से ही देविका को अशांत कर दिया था और अब उसकी ईर्ष्या और जलन रुकन की होने वाली पत्नी रागिनी से और बढ़ गई थी।

हालांकि रवि रंजन सिंह ने देविका को इस इंगेजमेंट से पहले एक कीमती नेकलेस और बहुत अच्छी महंगी बनारसी साड़ी उपहार में दी थी और उसको एक लाख का गिफ्ट दिया था।

देविका की अपने छोटे देवर रूकन से बहुत बनती थी, परंतु आज सुबह से देविका का व्यवहार रुकन सिंह, अपने देवर से बदला–बदला सा लगता था। परिवार में इंगेजमेंट पार्टी के बाद पारिवारिक चर्चा में भी देविका ने हिस्सा तो लिया था, परंतु ज्यादा उत्साह नहीं दिखाया था। हालांकि बातों में हिस्सा लिया और खुशी भी जताई थी।

रुकन सिंह – भाभी जी आपका क्या टिप्पणी है इस इंगेजमेंट पर होने वाली शादी की।

देविका सिंह – अच्छा है मैं तो बहुत खुश भी हूं तुम्हारी रागिनी से शादी होने जा रही है।

रूकन सिंह – सच में आप खुश हैं, धन्यवाद।

देविका सिंह – इसमें धन्यवाद की क्या बात है सही है तो सही ही है।

रोहिणी सिंह – भाई हम तो दिल से भी खुश, मन से भी खुश। देखा नहीं पापा कैसे प्रसन्न लग रहे हैं उन्हें तो आज मन में खुशी आई है।

रमन – मम्मी इतनी, इतनी शानदार इंगेजमेंट इतनी अच्छी होने वाली डॉक्टर बहू और क्या चाहिए अरे ऑल आर हैप्पी देविका क्या कहती हो।

देविका – चुप बोली कुछ नहीं बस मुस्कुरा दी।

जिज्ञासा – पापा जी आज का समारोह बहुत शानदार रहा है। आप ग्रेट हैं ओबीसी बहु का कितना अच्छा स्वागत हुआ है।

रवि रंजन – हमारे घर में लक्ष्मी आ रही है उसका स्वागत तो करना ही था। मैं प्रसन्न हूं अब रुकन की शादी धूमधाम से होनी है।

रुकन –शादी सादी ही रहे तो अच्छा है पापा।

रमन – हमारे घर की इस जनरेशन की आखिरी शादी होगी तो बड़े धूमधाम से ही होगी।

रोहिणी – जरुर होगी, हमारा रुकन दूल्हा तो शान से ही बनेगा।

रुकन – क्या मम्मी साधारण शादी अच्छी होती है।

डॉक्टर रोहित – शादी तो शानदार ही होनी है रुकन और रागिनी की।

रुकन सिंह – जीजा जी की बात तो इस घर में कोई टाल नहीं सकता। वह कह रहे हैं तो उसे मानना ही पड़ेगा।

देविका – क्यों हमारी बात काटोगे क्या अगर हम कुछ कहेंगे तो।

रुकन – नहीं भाभी जीजा जी और आपकी बात नहीं काट सकते।

अलंकार – नाना, नानी जी, मम्मी पापा, मामी जी, मामा जी, सब सुन ले इस शादी में सबसे ज्यादा मैं खुश हूं मुझे जो डॉक्टर मामी मिलने वाली है। मैं इस शादी से सबसे ज्यादा अच्छा और ज्यादा डांस करने वाला हूं मुझे इसमें घर का कोई भी सदस्य नहीं रोकेगा।

रुकन – अलंकार तुझे डांस आता है।

अलंकार – मैं सीख लूंगा, मम्मी मेरी डांस का ट्यूशन लगाओ आज के इस वार्तालाप में घर के हर सदस्य ने बढ़–चढ़कर हिस्सा लिया है देविका इसमें ना ना मन से शामिल हुए लग रही थी।

वास्तव में हुआ यूं कि रोहिणी और रवि रंजन सिंह ने इस इंगेजमेंट में जिज्ञासा और देविका को भी गिफ्ट में महंगी एक सी बनारसी साड़ी और नेकलेस दोनों को एक ही स्टैंडर्ड के दिए थे। जबकि रुकन की होने वाली वाइफ रागिनी को थोड़े और ज्यादा गिफ्ट दिए थे। जिज्ञासा ने अपने मम्मी पापा से कहा इंगेजमेंट रुकन रागनी का है मुझे आपका इस अवसर इतना महंगा गिफ्ट देना नहीं बनता जिसका रोहिणी ने वह कहकर प्रतिवाद कर दिया नहीं यह तो होना ही है तुझे, भी और देविका को भी। रागिनी का इंगेजमेंट हो रहा है उसे भी अच्छे गिफ्ट दे रहे हैं। उसका उसे मिल रहा है तुम दोनों का तुम्हें मिल रहा है सवाल नहीं स्वीकार करो। देविका ईर्ष्या झेल नहीं पाई और कह बैठी, मैं भी तो इस

घर की बड़ी बहू हूं। मेरा गिफ्ट नयी होने वाली बहू से कम तो कतई भी नहीं होना चाहिए। रुकन, रमन दोनों खड़े हुए यह बात सुन पा रहे थे। रमन ने यह कहा की रागिनी घर की होने वाली नई बहू है उसे कुछ भी देना किसी सीमा तक देना बनता है। उसे इस घर में नई बहू बनकर आना है तुम्हें तो बनता नहीं था फिर भी है मम्मी पापा कह रहे हैं बेकार माहौल खराब नहीं करो अपनी आदत सुधारो। देविका रमन पर गुस्सा होते बोली मैं तुम्हारी बातों से मुझे दिया हुआ गिफ्ट वापस तो करने से रही।

रमन – अपनी आदत और नियत दोनों सुधारो वरना।

देविका – वरना क्या।

रमन – तुम्हारे मुंह लगना बेकार है टाइम की बर्बादी है चला जाता है वहां से।

देविका – बड़बड़ाती अपने बेडरूम में जाती है।

रुकन –चुपचाप अपने रूम में चला गया।

अच्छा खासा माहौल अब टेंस हो चला था। रमन और रुकन नहीं चाहते थे माहौल खराब हो अतः दोनों वहां से चले गए। देविका तो पहले ही अपने बेडरूम में चली गई थी। अच्छे खासे खुशी के वातावरण को देविका ने प्रदूषित कर दिया था। अब जिज्ञासा ही नहीं होने वाली नयी बहू रागिनी से भी द्वेष पाल रही थी देविका।

रमन अपने आप को असाहय पाता था अब जब घर को महाभारत बनाने का प्रयास देविका करती थी। अब तो ऐसा हो गया कोई भी अवसर हो घर में, देविका अंत में उसे बोझिल कर ही देती थी। आज जिज्ञासा भी थोड़ा भावुक हो गई थी। जब उसे पता चला देविका का उसके मम्मी पापा से मिला गिफ्ट नागवार लगा है, उसने रागिनी के गिफ्ट पर कमेंट किए हैं ऐसे में जिज्ञासा जो कभी भी देविका की बातों पर प्रितिक्रिया नहीं देती

थी। आज कुछ गुस्सा हो गई अब तो रात हो गई है। देविका से अगले दिन बात करुँगी। डॉक्टर रोहित समझ रहे थे आज कुछ विशेष घटित हुआ है घर में बात कुछ गंभीर सी लगती है। जिज्ञासा कभी ऐसे नहीं करती परंतु आज की घटना गंभीर हो रही है। जिज्ञासा के संग रहकर जिज्ञासा को समझाना पड़ेगा ताकि उसे शांत किया जा सके और वह कुछ ज्यादा ही ना कर बैठे। अपने घर पहुंच कर डॉक्टर रोहित अपनी पत्नी जिज्ञासा से समस्या पर कुछ विचार – विमर्श की सोच रहे थे की जिज्ञासा ने कहा सो जाइए कल सुबह बात करेंगे अभी मेरा मन और मूड भी बहुत खराब है। देविका को समझना होगा और हमेशा ऐसा नहीं चलने वाला।

डॉ. रोहित – ऐसा क्या हो गया अब देविका ने क्या बखेड़ा खड़ा कर दिया।

जिज्ञासा – कल बात करेंगे आज नहीं उसे लैसन देना ही होगा।

डॉक्टर रोहित – कैसा लैसन कुछ बताओगी।

जिज्ञासा – नहीं अभी नहीं कल, गुड नाइट।

डॉक्टर रोहित – गुड नाइट।

अगले दिन रवि रंजन सिंह और रोहिणी दोनों सुबह लॉन में बैठे थेऔर रुकन और रागिनी की शादी की तैयारी पर बात कर रहे थे और चाय पीते – पीते दुखी भी दिख रहे थे। वह अभी कल रात की देविका वाली बातों से अनभिज्ञ थे। तभी रुकन उनके पास आया और बोला।

रुकन – पापा मम्मी आपसे कुछ बातें करनी है क्या यह समय हमारी बातों के लिए सही है।

रोहिणी – क्या हुआ तुम ऐसा क्यों सोच रहे हो।

रुकन – भैया रमन आप यहां आ सकते हैं । आज मैं ऑफिस जल्दी जा रहा हूं मीटिंग है क्या हम शाम को नहीं बात कर सकते।

रुकन – ठीक है आज शाम को आप थोड़ा जल्दी आ जाना।

रमन – ओके।

रोहिणी – रुकन ऐसी क्या बात हो गई कुछ तो बताओ।

रवि रंजन सिंह – तुम्हारी बातों में रमन है क्या

रुकन रमन भैया ही नहीं भाभी देविका भी।

रोहिणी – महाभारत की तैयारी हो रही है या तेरी शादी की अब तुम्हारी बातें कुछ रहस्यमयी होती जा रही है।

रवि रंजन – अब यह तो उनकी मर्जी है महाभारत करेंगे या शादी की तैयारी दोनों ही दशा में तुम्हें और मुझे की सामना करना हा होगा रोहिणी जी।

रोहिणी – रुकन की बातों से शंका बढ़ रही है जिज्ञासा का सुबह–सुबह फोन आया था, वह भी कह रही थी आज शाम आएगी कुछ खास बात करनी है वह डॉक्टर रोहित को भी साथ लेकर आ रही है। यहां देविका का भी मुंह फूला फूला है कोई बात नहीं कर रही किसी से। रमन भी देविका से बात नहीं कर रहा ऐसा प्रतीत हो रहा है।

रवि रंजन सिंह – ठीक है रुकन घर पंचायत शाम को ही होगी, जो कहना वहां कहना बस रुकन तुम घर में सबसे छोटे हो मर्यादा बनी रहनी चाहिए।

रुकन – यस पापा। मैं आज तक कभी अमर्यादित व्यवहार किया है क्या।

देविका सिंह – मम्मी जी मैं ऑफिस जा रही हूं शाम को देर हो सकती है बहुत काम है आज और देविका चली गई बिना आगे कुछ बात किये या सुने वह अक्सर ऐसा करती रहती थी। उसी दिन शाम को सिंह परिवार में महाभारत की नीव पड़ गई जमकर डिस्कशन हुआ रुकन ने नाराजगी दिखाई, देविका भाभी का व्यवहार बदल गया है, घर की बड़ी बहू होने के नाते उनसे कुछ आशाएं हैं परिवार को, रुकन मेरा इंगेजमेंट कल ही तो हुआ है भाभी को क्या और क्यों परेशानियां हो गई। उनसे परिवार को कुछ आशाएं हैं पर वह तो स्वयं ही सेल्फिश बातें करने लगी है।

रमन – देविका, मैं रुकन की बात से सहमत हूँ तुम्हारा इस घर की बड़ी बहू होने के नाते कुछ मर्यादाएं हैं कुछ जिम्मेदारियां हैं और तुमने इस घर को घर न समझ कर महाभारत समझ लिया है क्या।

देविका – मैंने ऐसा क्या असामान्य कर दिया।

रोहिणी – बहू देविका तुम अभी तक नहीं समझी तुमसे क्या अपेक्षाएं हैं और तुम क्या कर रही हो।

जिज्ञासा – देखो देविका आप नासमझ बिल्कुल नहीं हो और। करती हो वह तुम्हारा सोचा समझा प्लान ही होता है।

देविका सिंह – तो इसमें क्या गलत है मेरी मर्जी मैं जैसे करुँ प्लान करके या ना प्लान करके।

रुकन सिंह – भाभी पहले आपको जिज्ञासा जीजी नहीं सुहाती थी जबकि उन्होंने तुम्हें छोटी बहन से ज्यादा माना है, प्यार दिया है और अब रागिनी आयी भी नहीं और तुमने माहौल ऐसा बना दिया है।

देविका – मैं तो ऐसी ही हूँ भैया अब मैं हूँ तो बस हूँ।

रमन – देविका हद करती हो तुम यार, सोचने की कमी हो गई है जो नासमझ व्यवहार करती हो।

रोहिणी, रवि रंजन सिंह – हम आज कुछ भी बोलने वाले नहीं है। सुनेंगे और अपना फैसला कल देंगे बोलते रहो कोई कसर न रह जाए।

देविका – जिज्ञासा जीजी को फ्लैट हमें बताएं बिना दिया गया अनेको गिफ्ट देते रहे क्यों हम भी हैं इस घर में, हमारा क्या

रमन – वह हमारी बड़ी बहन है उसका हमारे पूरे घर में बराबर का हिस्सा है हम लोग मानते हैं।

देविका – तुम्हारे मानने से क्या मैं तो नहीं मानती।

रमन – और अब रागिनी का रुकन से रिश्ता फिक्स हुआ ही है तो तुम्हें उससे ईर्ष्या हो गई क्यों।

रुकन – भाभी आप हद पार करती जा रही हैं इस घर की मर्यादा का ख्याल नहीं आपको।

रमन – रागिनी उसे उस समय नहीं थी जब हमारी तुम्हारी शादी हुई की हमारी रोके में करोड़ों खर्च किए थे पापा ने, मम्मी ने, रुकन ने बुरा नहीं माना बढ़ चढ़कर हिस्सा लिया हमारी खुशियों में और तुम।

देविका – जब बात इतनी बढ़ गई है तो मुझे रागिनी जैसे नेकलेस और साड़ी वगैरा क्यों नहीं। मम्मी पापा मुझे हर बार नजरअंदाज करते रहते हैं।

रमन – देविका तुमने तो नीचता की भी सारी हदें पार कर दी है, तुमसे बात करना बेकार है ठीक है पापा जी देविका को

रागिनी जैसे गिफ्ट दे दो और हां उसके जैसा हार, साड़ी देविका को हमारे इंगेजमेंट में दी थी रागिनी को भी दे दे।

देविका – क्यों ऐसा होता नहीं करने नहीं दूंगी मैं।

रुकन – रमन भैया छोड़ो कुछ नहीं होने वाला ऐसा ही करती रहेगी भाभी महाभारत का आगाज होने लगा है मुझे आगे कोई महाभारत नहीं करनी, रुकन उठकर चला जाता है जिज्ञासा और डॉक्टर रोहित देविका की बातें सुनकर पहले ही जा चुके थे अब रह गए रोहिणी, रविरंजन सिंह और रमन एवं देविका। देविका मानो आज ठांन कर आई थी। बिना उकसाए ही बोली मम्मी, पापा और हां रमन सुनो अब बातें खुलकर ही हो रही है, तो मैं आप सबको बता देती हूं मैं वही करूंगी जैसा मुझे अच्छा लगे मुझे किसी से भी कम रह जाना नहीं आता। घर में मुझे वह मिलते रहना चाहिए जो मैं चाहती हूं मुझे जो अच्छा लगता है। नहीं होगा तो मैं मम्मी पापा जी की भी नहीं सुनूंगी, नहीं मानूंगी रमन बिना कुछ कहे उठकर चला गया।

अब रह गए देविका, रोहिणी और रविरंजन। रमन के जाते ही रोहिणी और रवि रंजन जाने लगे तो देविका जोर से बोली ये रोज–रोज की मीटिंग नहीं है। आपको आज एक फैसला लेना होगा मेरी पोजीशन परिवार में टॉप पर रहनी चाहिए। रवि रंजन सिंह ने कहा कुछ नहीं गुस्से भरे थे चुपचाप उठकर वहां से सीधे अपने बेडरूम में चले गए रोहिणी थोड़ा रुकी खड़ी रही और देविका से कहा देविका मैं भी रोज–रोज की चिक–चिक नहीं चाहती मुझे भी फैसले का इंतजार होगा जो कल होगा और जरूर होगा देविका यह समझ लो कि रोज रोज ऐसा भी नहीं होगा। जो दूसरों को नीचा दिखा पाए, आप अपने हद में रहना सीखो तुम्हारे लिए यही अच्छा है मान्य है।

अध्याय–6

रमन समझ नहीं पा रहे देविका को

रमन देविका को समझ नहीं पा रहे थे। रमन अपनी मम्मी, पापा, भाई, बहन, जीजा, सबके पत्नी देविका के प्रति उसके व्यवहार में कोई कमी पा रहे थे। वह जानते थे गलत कोई नहीं गलत व्यवहार अगर घर में किसी का है तो वह है उनकी पत्नी देविका। रमन भरसक प्रयास कर रहे कि उनकी पत्नी का व्यवहार सुधरे और एक बहू बने परंतु नहीं दिन–ब–दिन देविका उनकी पत्नी उच्चश्रृंखल कायँची होती जा रही थी केवल और केवल स्वार्थी, बददिमाग होती जा रही थी। पहले तो वह केवल रमन की बहन जिज्ञासा से असहज हुई और अब तो उसने हद ही पार कर दी। रुकन और रुकन की होने वाली पत्नी से भी विमुख ही नहीं अपितु असहज हो गई थी। घर में शांति भंग की थी। उसके मम्मी पापा की भी शर्म नहीं थी। अब देविका की बातों से ऐसे लगने लगा जैसे पूरे परिवार में किसी को कुछ नहीं बल्कि सारा का सारा देविका को मिले बस वरना वह तो ऐसे ही होती जाएगी और एक दिन सबको घर में बर्दाश्त ही नहीं करेगी। अभी तो सबको बस कष्ट ही कष्ट देगी रमन जानता था देविका का लालच बढ़ता जा रहा था ।घर में उसके कारण बेवजह का तनाव आ गया था और बढ़ता ही जा रहा था। अब देखते हैं पापा मम्मी कल क्या फैसला देने वाले हैं।

रमन सिंह यह भली–भाँती जानते थे। उसके पापा रवि रंजन सिंह सारे परिवार को बराबर समझते हैं और हर एक को प्यार करते हैं। सब को सम्मान और उचित स्थान देते हैं। रमन सिंह यह जान चुके थे और मानते भी थे कि उनकी पत्नी देविका

ने हमारे घर में महाभारत का बिगुल बजा दिया है देखते है और क्या होता है।

कल शाम उसके मम्मी पापा ने सबको बताया था कि वह कल एक उचित फैसला ले सकेंगे ताकि घर में सब कुछ सामान्य हो जाए। रमन ने सोने से पहले एक बार देविका से बात करनी चाही।

रमन – देविका देखो तुम्हारा व्यवहार सबके साथ अच्छा नहीं है आजकल तुमने घर को महाभारत का स्थान बना दिया है यह अनुचित है।

देविका – मेरा मूड बहुत खराब है। मैं आपसे भी संतुष्ट नहीं हूं फिर भी कहो मैं सुन रही हूं।

रमन – सब कुछ सही चल रहा था, अभी भी सही है केवल तुम्हारे नासमझ व्यवहार ने सबको कष्ट दिया है।

देविका – अगर मुझे आप लेक्चर ही पिला रहे हो तो मुझे आपसे कोई भी बात नहीं करनी है।

रमन – मैं आपके इस प्रकार के व्यवहार से बहुत दुखी हूं अनुचित व्यक्ति को उचित जवाब उसके लिए ही नहीं सबके लिये मिलता है तुम्हें भी मिलेगा, तुम्हारी महाभारत इस घर में नहीं चलने दूंगा।

देविका – मैं तुम्हें कुछ नहीं समझती बकवास बंद करो और सो जाइए।

रमन ने इस बात से अपने आप को बहुत आहत महसूस किया। परंतु बोला कुछ नहीं चुपचाप अपने स्टडी रूम में जाकर बैठ गया। उसके मन में अजीब – अजीब विचार आ रहे थे। वह व्यथित था असहज हो गया। उसके लिए देविका को बर्दाश्त करना कठिन होते जा रहा था। देर रात तक नींद नहीं आई फिर

वह अपने मन को शांत रखने का पूरा प्रयास कर रहा था। अरे हां देविका पर इसका कोई फर्क महसूस नहीं हुआ। वह गहरी नींद में सो चुकी थी रमन की स्मृति में देविका से उसकी मित्रता, फिर घर में उत्सव जैसा माहौल, परिवार द्वारा देविका को प्यार सम्मान, महंगे महंगे, गिफ्ट स्वीटजालैण्ड न्यूजीलैण्ड हनीमून, पर जाना, अपने घर में देविका का विशिष्ट स्थान पाना, पापा का प्यार, दुलार आदि मस्तिष्क में घूम रहा था। पता नहीं कब उसे नींद आई और वह अपने स्टडी रूम में ही सो गया था। उठा आंख खुली तो वह अपने स्टडी रूम में था और अपनी टेबल पर ही सो गया था। अब सुबह के 6 बजे थे वह उठकर अपने बेडरूम में गया देविका अभी भी गहरी निंद्रा में थी। वह अब सोया नहीं तैयार होकर बाहर लॉन में टहलने लगा। उसके पापा ने देखा तो पूछा रमन क्या बात है आज जल्दी उठकर लॉन में घूम रहे हैं और उसने कहा पापा कोई बात नहीं ऐसे ही रमन के पापा ने कहा यह तो अच्छी बात है बेटा। नहीं पापा मैं बहुत आहत हूं देविका के अभद्र व्यवहार से भी और उसके एटिट्यूड से भी।

रमन सिंह – पापा यह घर में माहौल बिगाड़ रही है।

रोहिणी – क्या हुआ रमन

रवि रंजन – कुछ नहीं बेटा पापा बात कर रहे हैं।

रोहिणी – जी कीजिए मैं भी सुनती हूं ऐसा क्या वार्तालाप हो रहा है।

रमन – मम्मी आप नाहक परेशान ना है।

रोहिणी – क्या बात हो गयी रात की बातों से तुम क्यो परेशान हो गये हो।

रवि रंजन – हां अच्छा तो हो नहीं रहा, परेशानी की बात तो है परंतु चिंता मत करो सब सही हो जाएगा।

रुकन – बाहर आते हुए भैया क्या बात है मुझे भी तो बताओ।

रोहिणी – अरे रुकन कुछ नहीं रात की बातों से रमन कुछ परेशान लग रहा है।

रुकन – भैया ही नहीं मैं भी सामान्य नहीं हूं भाभी ने सारा घर परेशान कर दिया है।

रोहिणी – ऐसा नहीं कहते समस्या आई है सुलझा लेंगे अभी हम हैं ना।

रवि रंजन, रोहिणी, रमन, रुकन चारों ब्रेकफास्ट के टेबल पर थे। देविका भी आ रही थी पर सब कोई कुछ बोला नहीं ब्रेकफास्ट करते समय रवि रंजन सिंह ने इतना ही कहा आज शाम हमारे घर की देविका वाली समस्या का समाधान करना है। देविका बेटा खुले मन से बात किया करो हम जानते हैं तुम्हें तुम्हारी समस्या बहुत कठिन लग रही है। हम जानते हैं कठिन समस्या का समाधान भी कठिन ही हो सकता है। पर घर में महाभारत न बनने देने के लिए सबको मिलकर ही समाधान निकालना पड़ता है। देविका चुपचाप सुनती रही बोली कुछ नहीं रोहिणी ने इतना कहा अच्छे खासे घर परिवार को महाभारत नहीं बनने देंगे वरना यह घर षडयंत्रों का किला बनकर रह जाएगा ऐसा हम होने नहीं देंगे।

आज इस विषय पर बातें ही नहीं होगी एक फैसला भी होगा ऐसे विषय को अनिश्चितकाल नहीं चलाया जा सकता है। देविका पहले तो उठकर ऑफिस जाने वाली थी पर वह पलटी और रोहिणी के पास आकर बोली मम्मी पापा जी मुझे आप सब लोग माफ कर दें अब आगे से ऐसा नहीं होगा मेरी गलती हुई है। मैं सबसे क्षमा प्रार्थी हूं मैं ना रागिनी के खिलाफ हूं और ना ही जिज्ञासा जीजी के मैं अनजाने में बिना वजह घर का माहौल

खराब करने की भी दोषी हूं और हां रमन, रुकन आप दोनों से भी मैं अपनी गलती की क्षमा मांग रही हूं। देविका बोलते जा रही थी और रमन, रुकन, रोहिणी, रवि रंजन सिंह इस अवसर पर आश्चर्यचकित रह गए। देविका कहती रही पापा मम्मी आप मेरे सास ससुर ही नहीं मेरे मम्मी पापा जैसे ही है मुझे आपने हमेशा सम्मान और प्यार दिया है। मैं ही संभाल नहीं पाई और घर में महाभारत की स्थिति बनाने की गुनहगार हूं। बल्कि आप सब मुझे क्षमा करें जल्दी ही रुकन भैया की शादी होने वाली है मेरी वजह से इसमें कोई व्यवधान नहीं होगा। मैं जिज्ञासा दीदी और रोहित जीजा जी से भी माफी मांग लूंगी। देविका भावुकता का आवरण ओढ़े क्षमा मांगती रही और भविष्य में ऐसा कुछ न करने की कसम खाकर फफक फफक कर रोने लगी।

रवि रंजन सिंह बोले – देविका बहू आप गलती की माफी मांग कर गलती से मुक्त हो गई हैं। रोना बंद करो हमें कष्ट हो रहा है।

देविका – पापा मुझे क्षमा करें रवि रंजन सिंह की ओर देखते हुए बोली अब भविष्य में मुझसे ऐसी कोई गलती नहीं होगी।

रोहिणी – देविका आप दिल से अगर सब से माफी मांग रही हो तो हम सब तुम्हारे अपने इतने कठोर दिल नहीं कि तुम्हें क्षमा ना करें प्लीज रोना बंद करो और सुनो हमने सबने तुम्हें माफ किया अब फ्रेश होकर ऑफिस जाओ।

देविका – मम्मी प्लीज।

रमन – देविका हम कभी नहीं चाहते, तुम्हें कोई भी सजा मिले तुम तो सारी समस्या बढाते आई हो।

देविका – उनके लिए क्षमा मांग ली है।

रुकन – भाभी अतीत को भूल कर भविष्य की ओर देखो

देविका – मानती हूँ रुकन।

समस्या लगा सुलझ गई है शाम को होने वाले रवि रंजन सिंह जी का फैसला भी टल गया। देविका फ्रेश होकर आज रमन के साथ ही ऑफिस चली गई। आज शाम का जो फैसला रवि रंजन सिंह जी लेने जा रहे थे वह टल गया। परंतु रोहिणी ने आज शाम की मीटिंग नहीं टाली सिंह परिवार में पार्टी हुई जिसमें संजीव बाली परिवार का भी आभार अभिव्यक्त किया गया। सब एक दूसरे से मिलकर बातें करते रहे रोहिणी यह देखकर फूली नही समा रही थी कि आज देविका ने रोहित और जिज्ञासा का बढ़ चढ़कर स्वागत किया। पार्टी में रवि रंजन सिंह भी आए थे देविका का आज का व्यवहार देखकर उन्होंने अपने घर में महाभारत से राहत की सांस ली। वह आज की घटना से आश्चर्यचकित थे। देविका ने अप्रत्याशित रूप से माहौल ही अपने पक्ष में कर लिया। आज तो हमारी बहू देविका सिंह ने रंग बदलने में गिरगिट को भी मात दे दी थी। रमन और रुकन, रमन अपनी पत्नी और रुकन अपनी भाभी को जितना जानते थे, उसके अनुसार दोनों चकित थे और देविका की कलाकारी पर संदेह जरूर कर रहे थे परंतु उसने सबके सामने क्षमा याचना द्वारा माहौल बदल ही दिया और महाभारत होने को भी टाल दिया रमन ने रुकन को इतना बोला तुम्हारी भाभी ने आज टीवी सीरियल की सभी हीरोइन को एक्टिंग में पछाड़ दिया है हो सकता है पापा से कोई अवार्ड ही ना झटक ले। रूकन ने रमन से कहा भैया आप टेंशन फ्री हो गए आप सुबह–सुबह खुश लग रहे थे कुछ भी हुआ जैसे भी हुआ आपकी समस्या तो टली ना।

रमन – भगवान का शुक्रिया।

रूकन – नहीं, यह कहों हमारी भाभी देविका सिंह का शुक्रिया।

रमन – भगवान करे उसको सद्‌बुद्धि बनी रही पलटी ना मारे और अपनी क्षमा से।

रुकन – अभी ऐसा नहीं लगता, होने को तो कुछ भी असामान्य भी नहीं भाभी के लिए।

जिज्ञासा – रमन रुकन के पास आकर मुझे नहीं बताओगे आज बड़े खुश दिख रहे हो।

रुकन – दीदी रमन भैया आराम से है देविका भाभी की समस्या से।

रमन – हां दीदी कुछ ऐसा ही है समस्या तो आपकी टल गई, आपकी क्या पूरे परिवार की पर पता नहीं कब तक।

जिज्ञासा – अच्छा सोचो अच्छा होगा

देविका – भी जिज्ञासा के पास आ गई सब कुछ सुनते हुए, जिज्ञासा दीदी मैं, माफी मांगी है दिल से अब ऐसा दोबारा नहीं करने वाली।

रागिनी – देविका भाभी, जिज्ञासा दीदी बड़ी स्मार्ट लग रही है क्या स्मार्ट हो।

देविका – देवरानी से कम।

रोहिणी – मेरी बेटी, दोनों बहुत स्मार्ट भी, सुंदर भी हैं।

देविका – मम्मी जी आप कम नहीं है अभी भी हीरोइन से अच्छी लगती हैं।

रुकन – हमारी मम्मी हाईक्लास एग्जीक्यूटिव वूमेन लगती भी हैं।

रोहिणी – सो तो है जिसका परिवार स्मार्ट वो कितने स्मार्ट, यह तो होता ही है।

संजीव बाली – दो–दो स्मार्ट परिवार साथ–साथ तो फिर क्या बात।

रानी रूपमती बोली – मैं इन दोनों परिवारों से मिलकर दिल से खुश हूँ हमारी रागिनी लकी है जो ऐसा पति ऐसा, परिवार मिल रहा है।

रक्षक कुमार बाली – रोहिणी की ओर देखते हुए। हम और हमारा परिवार आपसे जुड़कर अति प्रसन्न है यह हमारी खुशकिस्मती है जो हम सब मिल रहे हैं।

सुरंका बाली – हमारी रागिनी का लक बहुत अच्छा है रुकन जो तुम मिले रागिनी को।

रोहिणी – सुरंका बहुत सुंदर लग रही है वास्तव में बड़ी खूबसूरत हो।

रागिनी – और मैं मम्मी जी। अति सुंदर, सब एक साथ बोल पड़े।

रवि रंजन संजीव बाली – अगली पार्टी हमारी तरफ से।

अध्याय-7

सब सामान्य लग रहा था

सब सामान्य लग रहा था, पर क्या कोई पारिवारिक षड्यंत्र भी रचा जा रहा था। अभी तो नहीं

देविका का उस दिन क्षमा मांगना, भावुकता का प्रदर्शन करना पहली अपनी की गई गलतियों की क्षमा के साथ यूटर्न ले लेना परिवार में मिक्स अप होने का प्रयास, रमन के गले नहीं उतर रहे थे। वह स्वंय स्तब्ध था, यह हो क्या रहा है। देविका का यूटर्न दर्शाता था, वह कुछ ना कुछ तो प्लान कर रही होगी। रमन अपनी पत्नी देविका से प्यार तो बहुत करते थे, जताते भी थे परंतु उसकी कुछ सेल्फिश आदतें और परिवार में किए गए कृतों, को अच्छा नहीं मानते थे। उनकी लव मैरिज कम अरेंज मैरिज थी क्योंकि साथ काम करते समय रमन को देविका और देविका को रमन इतना पसंद आ गए थे कि उन्होंने अपने-अपने परिवारों को उनके विवाह के लिए प्रेरित करना शुरू कर दिया था और 6 महीने प्रेम में रहकर शादी करना ही उचित माना और अपने-अपने परिवारों को शादी के लिए मना लिया। देविका एक सामान्य परिवार से आती है, जबकि रमन उच्च सभ्रान्त परिवार से था। कुछ लोगों ने, रिश्तेदारों ने शादी का विरोध भी किया परंतु रमन माने न देविका और रमन का देविका से विवाह हो गया इसमे रमन की बड़ी बहन जिज्ञासा का विशेष रोल रहा था।

रमन देविका की शादी को हुए लगभग 3 वर्ष में पहले दो साल तो देविका वधू के सारे फर्ज निभाती रही और सबकी आंखों का तारा बनी रही थी। रमन तो देविका के जैसे दीवाने पति थे। हर समय देविका का स्थान परिवार की प्राथमिकताओं में रहता

था। बात तब बदलने लगी जब रवि रंजन सिंह ने लगभग 1 वर्ष पूर्व जिज्ञासा को चार बेड रुम वाला सुपर डीलक्स 10 करोड़ वाला फ्लैट गिफ्ट किया था। देविका का व्यवहार सिर्फ जिज्ञासा ही नहीं उसके बेटे अलंकार से भी बदल गया था। जबकि पहले घर का एकमात्र बच्चा होने के कारण सभी उसे विशेष प्यार करते ही थे। देविका का तो वह विशेष प्रिय भांजा रहा। उसको अलंकार भी मामी कहते नहीं थकता था। परिवर्तन का कारण था वह विशेष उपहार जो जिज्ञासा को दिया गया था। उसके बदले व्यवहार में घर में ही नहीं अपितु देविका के ऑफिस में भी भूचाल ला दिया था। देविका एक दूसरे ही तरह के व्यवहार में लीन होती जाने लगी थी और सिंह परिवार में इस स्थिति से उभरने के लिए देविका को भी 10 करोड़ वाला 4 बीएचके का सुपर डीलक्स फ्लैट गिफ्ट कर दिया था। ऑफिस में भी उसकी विशेष प्रमोशन कर स्थिति पर काबू पाया था। कुछ दिनों उपरांत जब रागिनी और रुकन की इंगेजमेंट पार्टी थी स्थिति एक बार फिर बिगड़ी देविका ने वास्तव में देविका रिपटीडली ऐसा व्यवहार करता थी या ताने मारती थी कि परिवार असहज हो जाता था और सोचने पर मजबूर भी हो जाता था कि अब वे क्या करें और वह कैसे रिएक्ट करेगी।

और बहुत सोच विचार के बाद जब रवि रंजन ने सख्त फैसला लेने का प्लान रखा तो स्थिति को भाँपते हुए देविका ने यू टर्न लिया और पूरे परिवार से अपनी गलतियों की माफी मांग कर सबको आश्चर्यचकित किया। सब सोच रहे हैं चमत्कार है या देविका की सोची समझी चाल, कहीं देविका षड्यंत्र तो नहीं रच रही, फिर यह भी हो सकता है कि देविका के अपने पति प्रेमपूर्वक व्यवहार ने उसका परिवर्तन तो नहीं कर दिया।

परिवार के सभी सदस्य यह सोचकर सामान्य हो गए चलो कुछ भी कारण रहा है देविका ने व्यवहार अच्छे के लिए बदला है

और इसके पीछे देविका की मंशा पर उन्हें कोई सवाल नहीं लगा। परंतु रमन जो देविका को प्यार तो अभी भी बहुत करता था। अपितु उसका देविका पर विश्वास घटता जा रहा था। रमन यह अपने मन में मान नहीं पा रहा था कि अक्समात उसका ह्रदय परिवर्तन हुआ है।

उसे रात में नींद आने का नाम नहीं ले रही थी और उसकी अंतरात्मा विश्वास नहीं कर पा रही थी मन में द्वंद चल रहा था। सवाल–जवाब पर स्थिति उसे स्पष्ट नहीं हो पा रही थी।

रमन – अपने मन से पूछ रहा है क्या यह चमत्कार है या कोई विश्वास घात होने वाला है।

मन – हो सकता है देविका सुधर रही हो हो सकता है वह अपनी गलतियों से उभरना चाहती हो।

रमन – मैं देविका को पिछले चार–पांच साल से जानता हूं वह इतनी सीधी तो कतई नहीं है जो इस प्रकार बिना कारण क्षमा मांगे और सबसे क्षमा मिलने की आशा करें ।

मन – इंसान कब बदले कब नहीं यही वह इंसान की फितरत है। देविका बिना किसी उद्देश्य के ऐसा कर रही है मुझे यकीन नहीं हो रहा।

रमन – पता नहीं मुझे लगता है कुछ तो है विशेष कारण।

मन – हम सबको धोखा दे रही हो देविका हमें बेवकूफ समझ रही हो या बना रही हो।

रमन – वह देविका ही जाने क्या है उसके मन में, मैं तो पूर्ण विस्मित स्थिति में आ गया हूं।

मन – मान लो वह बदल रही है यही तुम्हारी शांति के लिए जरूरी है।

रमन – करवट बदलते थक गया था उसका मन उसे शांत होने के लिए कह रहा था और यही सब सोचते कब उसे नींद आ गई पता ही नहीं चला रमन उठ गया बिस्तर से परंतु कुछ थका – थका महसूस कर रहा था। उसने देखा देविका उसके लिए ब्लैक कॉफी लेकर आ गई है और देविका कह रही है नींद अच्छी नहीं आई क्या सुस्त लग रहे हैं। कॉफी से तरोताजा महसूस करोगे। मैं तो कल रात बहुत थक गई थी गहरी नींद सोई और अब एकदम फ्रेश, सुस्ती पास नहीं आ सकती। अब कॉफी लो और जल्दी से तैयार होकर ब्रेकफास्ट के लिए आ जाना। लगता है मम्मी अब मुझसे काफी खुश हैं मम्मी ही क्या, पापा भी, कल मैं ने सबसे क्षमा भी मांग ली थी। सब संतुष्ट हो गये लगते हैं। वरना सब एक बेचारी देविका में नुक्स निकालने नहीं थकते थे।

रमन – और अब बेचारी देविका ने घर वालों से क्षमा मांग कर खुश कर दिया है।

देविका – इसमें आपको शक है क्या।

रमन – तुम कुछ भी कर सकती हो इसमें मुझे एकदम कोई शक नहीं।

देविका – मैं हूं ही इतनी स्मार्ट।

रमन – जरूरत से ज्यादा स्मार्ट भी, चालक भी।

देविका – आप मेरा मजाक तो नहीं बना रहे।

रमन – ना बाबा ना तुमसे कौन जीत पाया है कॉफी खत्म कर कप टेबल पर रखते हुए। अब आगे करने क्या जा रही हो।

देविका – अपने पत्नी पर निगाह रखो पता नहीं कब क्या कर जाए।

रमन – मुझे डरा रही हो क्या।

देविका – अरे नहीं मैं तो बस मजाक कर रही थी अपने पति से, अब मजाक भी नहीं कर सकती क्या।

रमन – देविका इसी प्रकार बातें करते रहे आज रमन ने बिना स्नान किये ही देविका के साथ जाकर ब्रेकफास्ट किया ब्रेकफास्ट टेबल पर। माहौल अच्छा लग रहा था। अब रमन और देविका तैयार होकर ऑफिस चले गए घर में स्थिति शांत थी रुकन की शादी की प्लानिंग और तैयारी चल रही थी सभी खुश, सभी शांत।

बस रमन अभी भी देविका के व्यवहार के प्रति शंकित थे।

इस शनिवार देविका और रमन सलमान खान की मूवी देखने जाने का प्रोग्राम बना रहे थे। रमन को सलमान की लगभग सभी मूवी अच्छी लगती थी। देविका को भी रमन के साथ किसी भी मूवी में जाना बहुत अच्छा लगता था। अभी तो रमन और देविका को ऑफिस जाना था। बुरा वक्त कभी भी किसी भी परिस्थिति में आना हो उसे कौन रोक सकता है। देविका शौचालय में फिसल कर गिरी और उसने चिल्लाकर रमन को आवाज लगायी रमन दौड़कर वहां पहुंचा देविका कराह रही थी। बुरा हो चुका था डॉक्टर के घर बुलाए जाने का इंतजार ना कर उसे पास ही के अस्पताल में ले जाया गया बुरा समाचार मिलना था। देविका का गर्भपात हो चुका था। घर का माहौल गमगीन दुखी था अफसोस रमन देविका अपने आने वाले पहले बच्चे को खो चुके थे। देविका को ऐसा नही दुख नहीं था वह दुखी पर शांत थी। रमन ने उसे यही कहा हम हमारा बच्चा खो चुके हैं क्योंकि यही हमारा भाग्य था। आगे ईश्वर से प्रार्थना करेंगे वह अवश्य हमारी प्रार्थना सुनेगा और जल्द ही जल्द हमारा दूसरा बच्चा इस दुनिया में आएगा।

रमन देविका की शांत परंतु समझदारी की बातें सुनकर सोचने लगा क्या यह वही देविका है जिसे कोई सुहाता नहीं था

सिवाएं अपने के। समय चलता रहा था रमन देविका धीरे–धीरे नॉर्मल हो गए, रोहिणी, रविरंजन, रुकन, रागिनी, डॉक्टर रोहित धीरे–धीरे सामान्य हो गए।

देविका डॉक्टर की सलाह के अनुसार आराम करके ऑफिस जाने लगी, रमन भी इस घटना के बाद देविका के प्रति नरम हो गए, जिज्ञासा बड़ी बहन भी अपने छोटे भाई की पत्नी देविका के प्रति सद्भाव रख रही थी। रोहिणी और रवि रंजन सिंह बहुत ज्यादा दुखी थे अब धीरे–धीरे सब कुछ सामान्य दिखने लगा। रुकन और रागिनी का एमडी पूरा हो गया। परीक्षा हो गयी अब शादी की तैयारी शुरु हो चुकी थी। पंडित नाम नरेश त्रिपाठी के पंचांग के अनुसार तारीख तय की गई गई। रोहिणी ने सादा समारोह शादी के लिए प्रस्तावित किया जिसे देविका ने यह कहकर बदलवाने की कोशिश की थी रुकन की शादी जैसी प्लान की गई थी वैसे ही होनी चाहिए। रविरंजन सिंह ने भी रोहिणी का ही अनुमोदन किया और रागिनी उनका भी यही प्रस्ताव रहा सबको देखते हुए संजीव बाली एवं रानी रूपमती बाली मान गए। रुकन रागिनी की शादी की तारीख 16 अगस्त है शादी समारोह भव्य परंतु सादा रहेगा यह भी फाइनल हो गया। संजीव बाली एवं रानी रूपमती वाली यह सब फाइनल करने रवि रंजन सिंह के घर आए। (वार्तालाप।)

रवि रंजन सिंह – संजीव बाली और रानी रूपमती बाली आपका स्वागत है।

संजीव बाली – रुकन और रागिनी की शादी का समय अब नजदीक आता जा रहा है सोचा आपसे सलाह ले सब इंतजाम आपकी इच्छा अनुसार करेंगे।

रोहिणी – आप जैसा चाहते हैं हमें मंजूर रहेगा बस समारोह सादा होना चाहिए।

रानी रूपमती बाली – सब लोगों को जो मंजूर हम उसे मानेंगे फिर भी समाज का ध्यान तो रखना ही होगा।

रमन – समाज का ध्यान सादे एवं भव्य समारोह में रह सकता है।

रुकन – मैं भी सादे समारोह मैं विश्वास करता हूं।

देविका – मैं बहुत शानदार भव्य समारोह चाहती हूं परंतु सब अगर सादा समारोह चाहते हैं तो मैं आपके साथ हूं।

रंजन सिंह – शादी समारोह सादा होगा इसका मतलब नहीं कि हम दोनों परिवार अपने सभी रिश्तेदारों, मित्रों, और साथियों को शादी समारोह में बुलायेगें नहीं महान वेडिंग तो होगी, बस भडक नहीं सामान्य रूप से रुकन रागिनी की शादी होगी और हां संजीव बाली खर्चा हम आधा – आधा उठा लेंगे इसमें समझौता नहीं।

संजीव वाली – अरे भाई साहब यह तो सब लड़की वालों का होता है।

रोहिणी – हां तो ठीक है आधा–आधा यह ठीक रहेगा रवि रंजन तो पूरा करना चाहते थे मैंने ही आधे – आधे का सुझाव दिया है और वहां इसके अलावा भी एक बात है।

रानी रूपमती बाली और संजीव बाली एक साथ बोल क्या

रोहिणी – दान दहेज नहीं होगा। हमारी कोई माँग नहीं और हां हम ऐसा कुछ लेंगे नहीं।

रवि रंजन – हम ऐसा कह ही नही रहे हम ऐसा ही करेगे दान दहेज नहीं करेंगें।

रामनरेश त्रिपाठी – वाह भाई क्या बात यह दोनों परिवार मिसाल कायम करेंगे। बिना दहेज की शादी की

रवि रंजन सिंह – हां तो संजीव भाई आपकी बेटी और हमारे बेटे की शादी होगी बिना दहेज की और हां शादी समारोह दोनों परिवारों की प्रतिष्ठा अनुसार होना ही है, भव्य होगा, खर्च आधा लड़के वाले और आधा लड़की वाले यानि हम और तुम करोगे।

रमन – आखिर बात रागिनी वेड्स रुकन की शादी की है शादी भव्य समारोह से ही होगी।

अध्याय-8

रुकन रागिनी मैरिज

रुकन रागिनी की शादी भव्य एवं सादे समरोह में, देविका का षड्यंत्र परिवार में नहीं हो पाया। रमन अपने छोटे भाई रुकन की शादी का सारा कार्य स्वयं संभाल रहे हैं और उधर रागिनी के भाई रक्षक कुमार मैरिज का सारा कार्य भार संभाल रहे थे। रवि रंजन सिंह और संजीव बाली ने रक्षक कुमार को पूरा कार्यभार संभालने के कार्य के लिए नियुक्त कर दिया था। तैयारी अच्छी चल रही थी कुछ फंक्शन तो रुकन के और रागिनी के अपने–अपने घर में हो रहे थे। परंतु शादी का समारोह तो संयुक्त था हल्दी, मेहंदी, रिंग सेरेमनी, घुड चढ़ी, बारात। सारे फंक्शन बहुत अच्छे से प्लान किये जा रहे थे। शादी से 3 दिन पहले दोनों परिवारों के कर्ताधर्ता मिले और एक बार फिर से शादी के समारोह की, तैयारी का जायजा लिया।

संजीव बाली – रवि रंजन सिंह जी रमन और रक्षक लगातार समारोह की विस्तृत प्लानिंग कर चुके हैं।

रवि रंजन सिंह – दोनों में होड़ है जबकि समारोह तो एक ही है रक्षक और रमन आशावान है किसी भी तरह की कोई भी कमी नहीं होने देंगे।

संजीव बाली – दोनों रमन अपने भाई और रक्षक अपनी बहन की शादी के समरोह में कोई कसर नहीं छोड़ रहे।

रवि रंजन सिंह – हमें तो मेहमानों की तरह जाना है शामिल हो जाना है हमारे बच्चे हमसे महान बन गए हैं।

रमन – पापा हमारे होते आपको कोई चिंता नहीं करनी है क्योंकि सब कुछ प्लान के अनुसार सुचारु रुप से ही होगा।

रक्षक कुमार – पापा हां, हाँ अंकल जी, हम दोनों मिलकर चमत्कार कर सकते हैं। अब हमारा विश्वास पक्का हो गया है विवाह समारोह बहुत अच्छा होने वाला है।

सुरंका बाली – अंकल जी, पापा जी मैं भी इनकी सहायता कर रही हूं।

रक्षक कुमार – हम मानते हैं तुम्हारा योगदान बहुत है देविका भी रमन की सहायता कर रही हैं।

संजीव बाली – अच्छा तो फिर समरोह में ही सब ठीक होने वाला है।

देविका सिंह – मैं भी हमेशा रमन का पूरा साथ देती हूं और यह तो मेरे देवर रुकन की शादी की बात है इसमें मुझे पूरा सहयोग तो करना ही हैं।

रवि रंजन – सुरंका रक्षक का साथ दे रही है यह तो मुझे संजीव जी ने बताया था। परंतु देविका रमन का साथ दे रही है सारे इंतजामों में, यह मुझे अभी पता चला है मैं बहुत खुश हूं हमारी देविका रमन का साथ दे रही है जबकि वह अभी दुर्घटना से बचकर निकली है।

देविका – पापा मैं तो हमेशा रमन का पूरा साथ देती हूं रमन माने या ना माने।

रुकन – हमारी भाभी ग्रेट जो है।

रागिनी – देविका आप ग्रेट हो दीदी। भाभी सुरंका आप भी ग्रेट हो सदा भैया के साथ हर काम में खड़ी रहती हो।

रुकन – थैंक यू थैंक यू

रोहिणी रानी रूपमती दोनों एक साथ क्या बात है।

रमन और रक्षक भी तो ग्रेट हैं जिज्ञासा और रोहित दोनों आज कहीं बाहर गए हुए थे और शाम तक लौटने वाले थे। उसके बाद उन्हें रमन से रक्षक से कल मीटिंग करके सब तैयारी को फाइनल करना है।

सब कुछ हो गया आज शाम तक का समय हैं और उसके बाद सारा समारोह होना है। काफी भव्य एवं अत्यंत शालीनता से समारोह की तैयारी हो चुकी है। शहर के गणमान्य लोगों, रिश्तेदारों, मित्रों, सगे संबंधियों को, शादी समारोह में आमंत्रित किया गया। गहमा – गहमी – बारात आ गई थी स्थल पर यह बड़ा काम़न अरेंजमेंट है। अतः सारे मेहमान एक साथ है। शादी समारोह सुंदर शालीन है शानदार है रामनरेश त्रिपाठी स्वयं रुकन व रागिनी के सात फेरे करा रहे हैं। कन्यादान की रस्में पहले ही की जा चुकी हैं मेहमान सब अति उत्साहित हैं शहर की दो हस्तियों का मिलन हुआ है दोनों वर पक्ष और वधू पक्ष अपने–अपने समाजों के अग्रणी घराने हैं शादी बड़ी धूम धाम से हुई है।

धीरे–धीरे सब पूरा हो गया और शादी समारोह संपन्न हो गया वधुकी विदाई हो गई बहुत ही सुंदर समारोह संपन्न हुआ चर्चा भी चली उसमें दोनों परिवारों का गुणगान हुआ।

अगले दिन न्यूज पेपरस में इस शादी की काफी चर्चा थी। विस्तृत रिपोर्ट थी दोनों परिवारों के सच्चे और अच्छे किस्से चर्चित हो गये। रागिनी और रुकन के विवाह के अगले कुछ दिन फंक्शन होते रहे फिर रात की फ्लाइट से रुकन और रागिनी स्वीटजरलैंड हनीमून के लिए चले गए रवि रंजन चाहते थे कि रमन और देविका को भी स्विट्जरलैंड या मॉरीशस कुछ दिनों के लिए भेज दिया जाए परंतु देविका और रमन अभी नहीं, फिर कभी कह कर टाल गये।

10 दिन बाद आज रुकन और रागिनी अपने हनीमून से लौट आए वे अति प्रसन्न थे इस बीच देविका ने रमन सिंह से कहा पापा जी हमें स्विट्जरलैंड भेज रहे थे तो आपने मुझसे यह क्यों कहलवाया अभी नहीं, फिर कभी, क्यों।

रमन सिंह – हनीमून रुकन और रागिन का प्लान था। हम क्यों

देविका – स्विट्जरलैंड नहीं तो मॉरिशस जा सकते थे।

रागिनी – देविका भाभी हम हो आए हैं। आप चलते तो हम लोग और ज्यादा इंजॉय कर सकते थे।

रुकन – कोई बात नहीं भाभी आपको जल्दी ही कहीं अच्छी जगह भेजते हैं पापा जल्दी ही भेजेंगे आपको भी।

रमन अभी जल्दी क्या है कभी भी, कहीं भी चले जाएंगे हम अपनी शादी की सालगिरह पर जा सकते हैं।

बातें होती रही वास्तव में देविका इस अवसर पर षड्यंत्र रचने वाली थी परंतु उनके न जाने से उसकी योजना स्थगित करनी पड़ी इसका अफसोस था देविका को अब वह अगले अवसर का इंतजार करने लगी।

अध्याय-9

षडयंत्र रच ही दिया

देविका ने आखिरकार षड्यंत्र रच ही डाला

शहर का बोन फ्री पब्लिक स्कूल टॉप का पब्लिक स्कूल उसमें ही तो जिज्ञासा प्रिंसिपल थी। स्कूल में ही जिज्ञासा रोहित का 5 वर्षीय बेटा अलंकार पहले स्टैंडर्ड में पढ़ रहा था और क्लास में मेधावी छात्र माना जाता था।

इसी पब्लिक स्कूल में रक्षक कुमार रागिनी के भाई का बेटा नमन बाली आयु लगभग 10 वर्ष पांचवीं स्टैंडर्ड में पढ़ रहा था। दोनों बच्चे अब तो आपस में रिश्तेदारों के बच्चे बन गए दोनों ही बच्चे अपने–अपने क्लास में मेधावी माने जाते थे। एक दिन रक्षक कुमार अपनी पत्नी सुरंका वाली के साथ अपने बेटे नमन बाली को स्कूल लेने आए तो उन्होंने क्लास टीचर और फिर प्रिंसिपल जिज्ञासा से मिलना उचित समझा। नमन की प्रोग्रेस रिपोर्ट अच्छी थी वे दोनों प्रसन्न हुए थे।

जिज्ञासा और रोहित का बेटा अलंकार स्कूल से छुट्टी होने पर कभी–कभी अपनी मम्मी जिज्ञासा प्रिंसिपल के साथ घर जाता था पर अधिकतर डॉक्टर रोहित स्वयं उसे स्कूल लेने आते थे। दोनों बच्चे नमन बाली और अलंकार अपनी–अपनी क्लास में अच्छे स्टूडेंट थे सब उन्हें जानते थे।

एक दिन जब स्कूल की छुट्टी हुई डॉक्टर रोहित अलंकार को और रक्षक कुमार नमन को लेने स्कूल पहुंचे तो दोनों बच्चे बाहर नहीं आए। कुछ देर तो डॉक्टर रोहित और रक्षक कुमार इंतजार करते रहे परंतु जब सारे स्टूडेंट स्कूल से बाहर निकल

चुके थे और अलंकार और नमन नहीं आए तो चिंता होना स्वाभाविक था। डॉक्टर रोहित ने सोचा कहीं अलंकार अपनी मम्मी जिज्ञासा प्रिंसिपल के ऑफिस में तो नहीं चला गया वह पता करने प्रिंसिपल ऑफिस में आ गए पूछने पर पता चला नहीं अलंकार यहां तो आया ही नहीं। रक्षक कुमार भी पहले तो इधर–उधर स्कूल में ही ढूंढे फिर प्रिंसिपल के ऑफिस आकर पूछने पर पता चला नहीं यहां पर तो नमन या अलंकार कोई आया ही नहीं घर पर पता करने पर, वे दोनों में से कोई भी घर नहीं पहुंचा है।

अब तो ढूंढ मच गई शहर के दोनों नामी परिवारों के बच्चे गायब थे। पुलिस में भी कंप्लेंट कर दी गई धीरे–धीरे पूरे शहर में यह न्यूज फैल गई परिवारों में चिंता की लहर आ गई सब यही सोच रहे थे बच्चे कहां चले गए कहीं किडनैप तो नहीं कर लिए गए कहीं बच्चा चोर गिरोह तो नहीं उठा ले गए। रवि रंजन सिंह ज्यादा चिंतित लग रहे थे उनका बीपी बहुत बढ़ गया था और उन्हें अस्पताल में एडमिट करना पड़ा। संजीव बाली के पिता पुलिस में आईजी रह चुके थे उनके समय के अधिकारी डीजीपी, डीआईजी पुलिस से उन्हें जब पता चला तो पुलिस महकमा और मुस्तैदी से सर्च आपरेशन में लग गया, पता नहीं चल पा रहा था कोई फिरौती की कॉल नहीं, कोई धमकी भरा मैसेज नहीं शहर का कोना – कोना छान रही थी पुलिस और सारे रिश्तेदार घर वाले हर जगह बच्चों की तलाश कर रहे थे। नहीं मिले बच्चे और शाम को अंधेरा बढ़ने लगा था रात होती जा रही थी।

रमन – जिज्ञासा दीदी अभी तक तो कहीं से पता नहीं चल रहा अलंकार आखिर चला कहां गया।

जिज्ञासा – भैया अब तो बहुत चिंता हो रही है आखिर अलंकार को कौन ले गया, कहां चला गया।

डॉक्टर रोहित – रवि रंजन की ओर देखते हुए, पापा क्या करें समझ नहीं आ रहा क्या उसका किडनैपिंग हो गया मन में तरह–तरह के शंका हो रही है।

पुलिस अलंकार और रक्षक के बेटे नमन की तलाश में लगी है पता नहीं दोनों कहां चले गए

देविका – हमारी तो किसी से कोई दुश्मनी भी नहीं कि कोई बदला लेना चाहता है। बच्चों ने किसी का क्या बिगाड़ा है जो हमारे दोनों परिवारों के दो बच्चे गायब कर दिए किसी ने, ऐसा कौन हो सकता है।

रमन – देविका हम लोगों की किसी से भी दुश्मनी भी नहीं है।

देविका – फिर बच्चे क्यों नहीं मिल पा रहे हैं 10 घंटे हो गए हैं पता नहीं बच्चों ने कुछ खाया भी है या नहीं चिंता बढ़ रही है।

रमन – डॉक्टर रोहित से, जीजा जी चले पुलिस स्टेशन जाते हैं पता करें क्या कर रही हैं उनकी पुलिस टीमें।

डॉक्टर रोहित – चलिए

जिज्ञासा – मैं भी चलूं

डॉक्टर रोहित – आप घर पर ही रहे और अपनी फोन फ्री रखें कहीं से भी पता चल सकता है।

रमन, डॉक्टर रोहित दोनों पुलिस स्टेशन चले गए।

देविका – जिज्ञासा दीदी आप चिंता ना करें अलंकार को कुछ नहीं होगा। जल्द ही वह मिल जाएंगे भगवान हमारे साथ हैं।

रुकन – पता नहीं कहां होगा किस हाल में होगा हमारा अलंकार और नमन दोनों एक साथ गायब है पता नहीं क्या हो गया है यह।

रागिनी – जिज्ञासा दीदी हम पापा के घर जा रहे हैं पता करें वहां क्या चल रहा है पता चले तुरंत बताना यहां से, वहां अगर मिलते हैं हम तुरंत बताते हैं।

जिज्ञासा – ठीक है।

रोहिणी – रो रो कर बुरा हाल है जिज्ञासा तुमने अलंकार को डांटा तो नहीं था आज स्कूल आने से पहले नाराज होकर कहीं चला तो नहीं गया हमारा बच्चा।

जिज्ञासा – नहीं मम्मी बिल्कुल नहीं डाँटा ऐसा नहीं है।

रवि रंजन सिंह – सारे अस्पताल नर्सिंग होम ढूंढ लिए कहीं बच्चों का एक्सीडेंट तो नहीं हो गया बच्चों का पता नहीं चल रहा। उधर संजीव बाली के घर पर रक्षक कुमार और सुंरका का बुरा हाल हो रहा है उनका बेटा तो 10 वर्ष आयु का समझदार है ऐसे तो कहीं जाने वालों में नहीं जरुर किसी ने किडनैप किया है।

रानी रूपमती वाली और संजीव बाली दोनों चिंता मग्न चुपचाप बैठे हैं कुछ बोल नहीं रहे सोच रहे हैं एक साथ हमारे दोनों बच्चों का एक साथ मिसिंग होना उन्हें चिंतित कर रहा है कहीं यह हमारे किसी परीचित ने तो नहीं कुछ कर दिया है।

संजीव बाली से रानी रूपमती ने कहा आप डीआईजी की कोमल कुमार से फिर से बात करें शायद कुछ पता चले कि पुलिस क्या कर रही है। संजीव बाली अभी फोन करने की सोच ही रहे थे रुकन और रागिनी आ गये रक्षक और सुरंका पास ही थे रुकन ने कहा रक्षक भैय्या रमन और रोहित जीजा जी अभी पुलिस स्टेशन के लिए निकले हैं, चलिए मैं और आप पुलिस स्टेशन चलते हैं वहीं पता करते हैं शायद कुछ पता चले! चलते हैं

रक्षल कुमार और रूकन दोनों अपनी कार से पुलिस स्टेशन पहुंचे, रमन और रोहित वहां पहले से ही पहुंच चुके थे चारों स्टेशन SHO मे मिले और अपनी रिक्वेस्ट दोहराई सर प्लीज पता करिए दोनों बच्चे कहां हैं।

SHO निरज गुप्ता बहुत ही अच्छे अफसर माने जाते थे। वह हर एक से मिलते थे शिकायत कर्ता उनसे मिलकर संतुष्ट होते थे। गुप्ता जी ने कहा है तो काम तो सही हो जाएगा। यही भाव रमन, रोहित और रक्षक के थे। गुप्ता जी उन्हें आश्वस्त कर रहे थे। पूरे शहर में तलाशी अभियान चल रहा है बच्चों को हम अवश्य ढूंढ निकालेंगे।

पुलिस स्टेशन के पास ही सड़क के दूसरी ओर चाय की एक टपरी छोटी सी दुकान थी। वहां पर एक व्यक्ति दो बच्चों के साथ आया और बहुत ही साधारण दर्जे का इंसान लगता था वह चाय वाले से बोला भाई इन दोनों बच्चों के पापा आगे बढ़ गए हैं मैं रेलवे स्टेशन पर जाकर अभी उन्हें लेकर आता हूं तब तक इन्हें कुछ खिला दो भूखे लगते हैं मैं आकर पैसे दे दूंगा। चाय वाला सीधा–साधा उसकी बात पर यकीन कर बच्चों को बिस्किट, चॉकलेट देने लगा, पीछे मुड़कर देखा, जो व्यक्ति उन्हें लेकर आया था। वह तो वहां नहीं है उसने बच्चों को और ध्यान से देखा वह स्कूल की यूनिफॉर्म पहने थे जो कि कई जगह से फट गयी थी। बच्चे नादान थे परंतु सम्रांत परिवारों से लगते थे। रात दिन पुलिस स्टेशन में चाय बिस्किट देने वाला नंदू पहाड़ी समझ गया कुछ तो दाल में काला है। वह व्यक्ति उन्हें पुलिस स्टेशन के पास उसकी दुकान पर छोड़कर भाग गया है। उसने ज्यादा देर नहीं लगाई वह उन्हें लेकर पुलिस स्टेशन में गया बच्चों से उसने कुछ पूछा परंतु वह जवाब देने की स्थिति में नहीं थे। यह दोनों बच्चे थे अलंकार और नमन जिनका उनके स्कूल के सामने से बड़ी चालाकी से अपहरण किया गया था। अपहरणकर्ता ने बच्चों को

भूखा रखा गया था उन्हें डराया गया था। अगर किसी से भी कुछ भी बताया तो उन्हें वह लोग जान से मार देंगे, और रात के लगभग 9 बजे किसी तरह से उन्हें पुलिस स्टेशन के सामने छोड़ दिया जाएगा। यह सब अपहरणकर्ताओं ने करना था उन्होंने वैसा ही किया और बड़े सुनिश्चित तरीके से पुलिस स्टेशन के सामने पहुंचा दिया, उनकी ड्यूटी इतनी ही थी।

पुलिस स्टेशन में नंदू पहाड़ी चाय वाला दोनों बच्चों को एस.एच.ओ. के सामने ले आया। रमन, रुकन, रोहित और रक्षक चारों उस समय वेटिंग रूम में बैठे थे।

नंदू पहाड़ी ने एस.एच.ओ. को सब कुछ बताया जितना उसके साथ हुआ और बच्चे उसके पास छोड़कर वह व्यक्ति भाग गया चकमा देकर। एस.एच.ओ. मिस्टर नीरज गुप्ता ने अपने इंस्पेक्टर को बुलाया इस बीच एस.एच.ओ. ने बच्चों से उनका नाम, माता–पिता का नाम आदि आदि, पूछा परंतु बच्चे डरे से चुपचाप खड़े रहे बच्चे बोल नहीं पा रहे थे। इतने डरे हुए थे कि बार–बार प्यार से बोलने पर भी कुछ नहीं बता पा रहे थे। मिस्टर नीरज गुप्ता के मन में आया कहीं यह दोनों बच्चे वो नहीं जिनकी तलाश में पूरा पुलिस महकमा दोपहर से लगा हुआ है। उन्होंने वेटिंग रूम में बैठे चारों को बुलाया जैसे ही रमन, रुकन, रक्षक कुमार, डॉक्टर रोहित एस.एच.ओ. के केबिन में आए तो बच्चों को देखते ही उछल पड़े रक्षक, रोहित भावुक होकर रो पड़ें। अलंकार डॉक्टर रोहित और नमन, रक्षक कुमार से लिपटकर जोर–जोर से रोने लगे।

सबसे पहले रमन और रुकन ने घर फोन कर बताया बच्चे मिल गए हैं। दोनों घरों में खुशी की लहर दौड़ गई पुलिस स्टेशन में कार्रवाई पूरी करके दोनों बच्चों को साथ लेकर वह घर आ गए। काफी समय लगा अलंकार और नमन की सामान्य होने में। केवल उनसे यह पता चला कि उन्हें दो व्यक्तियों ने स्कूल से ही उठा लिया था और उनकी आंखों पर पट्टी बांधकर एक कमरे में

कैद रखा। और कई बात न पूछी ना ही कुछ नहीं बताया बस डराते रहे कि अगर किसी को भी कुछ भी बताया तो जान से मार देंगे। तुम फिर कभी अपने पापा मम्मी को नहीं मिल पाओगे बस इतना और जो नंदू पहाड़ी ने बताया, वह बस इतना ही था।

बच्चों के मिल जाने की खुशी, दोपहर से किसी ने कुछ नहीं खाया था। बच्चों के मिल जाने की खुशी में उन्होंने चैन की सांस ली थी। किसी भी परिवारों में खाना नही खाया था। सबने मिलकर संजीव बाली के यहां खाना खाया, खुशी मनाई और फिर होने वाली घटना का पटाक्षेप हो गया।

अध्याय–10

षडचंत्र बहुत गहरा

अलंकार और नमन दोनों बच्चे सकुशल मिल गए, काफी टेंशन भरा माहौल रहा था। जिज्ञासा और सुरंका दोनों मां की स्थिति काफी खराब रही थी। डॉक्टर रोहित और रक्षक कुमार दोनों खराब स्थिति में रहे। यह लोग क्या सारा परिवार ही दुखी एवं संताप में रहा था। बच्चे मिल गए, 10 घन्टे की दौड़ धूप, भागम – भाग, पुलिस की मुस्तैदी, बच्चों का भाग्य, सब यही सोचकर शांत हो गाए। अब घटना का पटाक्षेप होने पर स्थिति सामान्य लग रही थी।

अगले दिन सब कुछ सामान्य लग रहा या, पर सामान्य था नहीं। डॉक्टर रोहित चिंतित थे, ऐसा क्यों हुआ किस मकसद से अलंकार को स्कूल से ही किडनैप कर लिया गया और फिर 10 घंटे के बाद किडनैपर ने बच्चों को पुलिस स्टेशन ढंग से पहुंचा दिया। उनके मन में तरह–तरह के विचार परेशान कर रहे थे। उन्होंने बच्चों की सुरक्षा के लिए पुलिस से भी बात की और स्वयं भी ज्यादा सतर्क रहने का निश्चय किया।

जिज्ञासा चिंतित बहुत थी परंतु वह संयम रखते हुए सहास बनाए हुए थी। उसने किसी से भी अपने मन की बात शेयर नहीं की। हां स्कूल मे अपने सब बच्चों की सुरक्षा और कड़ी कर दी थी। पुलिस से भी सहायता ली गई। स्कूल के पास पुलिस ने पेट्रोलिंग बढ़ा दी।

रक्षक कुमार मन में आतंकित हो गए, परंतु किसी को महसूस होने देना नहीं चाहते थे। उनकी पत्नी सुरंका बाली ने

अपने ससुर संजीव वाली से इतना कहा पापा आप इस घटना को कैसे भूल सकते हैं। आप तो प्रदेश के प्रशासन में रह चुके हैं। आप अपने मित्र डीआईजी साहब से बात करें नमन की सुरक्षा होनी चाहिए। बच्चा बहुत उदास लगता है उसके मन पर इस घटना का गहरा असर पड़ा है। संजीव स्वयं भी अभी सदमे से उभरे थे।

रवि रंजन सिंह किसी से कुछ कह नहीं पा रहे थे। परंतु वह बहुत विचलित थे समझ नहीं पा रहे थे कि यह सब अकस्मात परिवार में क्या हो गया। रागिनी के भतीजा का भी उसी दिन उसी तरह किडनैप होना और अलंकार नमन का साथ–साथ पुलिस स्टेशन पहुंच जाना इत्तेफाक तो नहीं लग रहा था। उन्हें किसी गहरी षड्यंत्र की बात खटक रही थी, परंतु उनकी दुविधा यह थी उन्हें विश्वास नहीं हो पा रहा था कि अपने परिवारों के दोनों बच्चों की किडनैपिंग और फिर बिना फिरौती या धमकी के बच्चे छोड़ना क्या इशारा कर रहा है।

रानी रूपमती भी ज्यादा सोच नहीं रही थी वह इस बात से खुश थी उनका पोता नमन और रोहिणी उनके समधन का पोता अलंकार मिल गए और अपने–अपने घर पहुंच गए है। वह यह जरूर चाह रही थी कि पुलिस इस मैटर की पूरी जानकारी और पता लगाये यह जघन्य अपराध किसने किया है या कराया है।

रोहिणी का सर्किल बहुत बड़ा था। शहर में जगह–जगह मार्केट में उनके पार्लर खुले हुए हैं। वह अपने सर्किल भी एक्टिवेट करेगी, पता लगाने की पूरी कोशिश करके जिसने यह कांड किया है। या कराया है उन्हें सजा दिला कर रहेगी।बस उनका मन इसलिए ज्यादा परेशान था क्योंकि वह सोचती थी आखिर हमारा यह दुश्मन कौन है कहां से आ गया। देविका भी उनसे कहती रहती थी, मम्मी जी छोड़ो अब क्या करना हमारे बच्चे तो मिल गए वह भी बिना किसी हानि के। देविका पता नहीं क्यों सबको सलाह

दे रही थी कि हमारे बच्चे जब सकुशल मिल गये हैं तो फिर दिमाग खराब करने से क्या फायदा।

घर में जितने लोग तरह – तरह से अपने मन को समझा रहे थे, एक बात सब में कामन,थी गुस्सा और चिंता आखिर ऐसा हुआ क्यों, किसने किया, कारण क्या, फिर बच्चों को सकुशल पहुंचा भी दिया। ऐसा हमारा कौन दुश्मन पैदा हो गया और वह भी एक साथ दोनों परिवारों का किसी को रुकन की शादी या डॉक्टर रोहित के बढ़ती प्रैक्टिस और ईर्ष्या या जलन तो कारण नहीं।

रवि रंजन का ध्यान देविका की पुरानी बातों पर गया जरुर परंतु उसके द्वारा सबसे माफी और बहुत अच्छे बदलाव वाला व्यवहार उन्हें रोक रहा था ऊपर से अभी अभी देविका अपने बच्चे को खो चुकी थी। दुखी होते हुए भी घर में रुकन की शादी में बढ़–चढ़कर साथ देना, बच्चों को प्यार करना, सबके साथ चिंतित होना, उन्हें यह यकीन दिला रहा था कि देविका ऐसा नहीं करेगी। वह एक साधारण स्त्री है, इतनी प्लानिंग और जहर भरा स्टेप नहीं उठा सकती। घर से कोई नहीं है, फिरोती की डिमांड आती तो समझ में आता किडनैपिंग किसी प्रोफेशनल ने पैसों के लिए किया है पर कोई मांग नहीं आई।

पुलिस लगी थी तालाश अभियान चलाया था। पुलिस ने तो नहीं, अपितु बच्चे अपने आप पहुंच गये, अपराधी बिना कुछ नुकसान किये और वो भी पुलिस स्टेशन में। अपराधियों की यह बात किसी को समझ में नहीं आ रही थी। हर एक अपने–अपने तरीके से सोच रहा था, समझने का प्रयास कर रहा था। सब मन में चिंतित आशंकित थे।

सबसे ज्यादा सोच गहरी सोच में थे रमन, देविका के पति जिज्ञासा के छोटे भाई और अलंकार के मामा। उन्हें पता नहीं, ऐसा लग रहा था मानो इस सारे एपिसोड की डायरेक्टर देविका

ही है। ईस सब के पीछे वही है जो जिज्ञासा और रुकन के ससुराल वालों को इस टेंशन में देखकर प्रसन्न हो सकती है। जिज्ञासा जीजी और रागिनी से वह जरूर मन में द्वेष पाले हैं। जिज्ञासा को तो वह बिल्कुल भी बर्दाश्त नहीं कर पा रही है, हालांकि सबके सामने माफी मांगने का प्रपंच वह कर चुकी है। रागिनी अभी इस घर मे बहु बनकर आयी ही है, देविका उसे नापसंद करने लगी है। कैसा चलेगा यह अगर देविका का ये सब करा धरा हुआ और सबको पता चला तो घर में तो कोहराम मचेगा ही उसके लिए तो कलंक की बात कही जाएगी, कि उसकी पत्नी इतना बड़ा कांड कर गई और इसे पता ही नहीं चला, रमन मानसिक दबाव सह रहा था, उसकी पत्नी देविका ऐसा कांड कर सकती है और उसे ऐसा आभास हो रहा था, अतः वह सोचने लगा भगवान करे मेरा आभास गलत हो। अगर सही हुआ और देविका की गलती हुई तो अनर्थ हो जाएगा।

रुकन थोड़ा मस्त रहने वाला इंसान है उसके लिए बस यही इंपॉर्टेंट था, कि उसके भाई और उसके साले दोनों के बच्चे मिल गए, उसे और कोई चिंता अब नहीं थी। हां उसने अपनी भाभी देविका से जरूर बात की थी, भाभी ये सब हमारे साथ क्यों हुआ है हमारी किसी से दुश्मनी भी नहीं, वास्ता भी नहीं, और देविका ने उससे कहा था, मैं भी ऐसा ही सोचती हूं पर हो सकता है कोई हमसे हमारे परिवारों से मन में दुश्मनी पाले हुए हो, खैर छोड़ो इन बातों को हमारे बच्चे सकुशल घर वापस आ गए और हमें क्या चाहिए। सोचिए हम लोगों का क्या होता अगर हमारे बच्चों को कुछ हो जाता। हमारे बच्चे सकुशल हमे खुश होना चाहिए।

रमन को दिन में चैन था ना रात में निंद्रा। वह मन में अनेकों शंकायें पाले हुए था देविका के बारे में, परंतु कुछ किसी से भी नहीं कह पा रहा था। देविका भी सोचने लगी थी, कहीं मेरा पति स्वयं ही उसके लिए प्रॉब्लम तो खड़ी नहीं करने जा रहा है।

क्योंकि देविका अपने पति रमन का व्यवहार सहन नहीं पा रही थी। वह इस बार से जरूर निश्चित थी कि किसी के पास उस पर शक करने का कोई परोक्ष या अपरोक्ष कारण नहीं है, किसी के पास कोई सबूत नहीं है, अतः उस पर किसी का भी आरोप लगाना पॉसिबल नहीं होने वाला। उसे डर था तो अपने पति से जिसे वह इमोशनल फूल मानती थी, वह जिज्ञासा और अलंकार से सबसे ज्यादा लगाव रखता है बहन का लड़का, भाई बहन का लाडला भाई और अलंकार का प्यारा मामा जो है। रही देविका, उससे तो अब रमन उतना प्यार या विश्वास नहीं रखता वह पहले रखता था, वह उसे कुछ कहता भी नहीं था।

चोर की दाढ़ी में तिनका देविका से कोई कुछ नहीं कह रहा था। वह मन में बेचैन थी जानना चाहती है कहीं परिवार में सब या कोई भी एक क्या उस पर शंका या शक कर रहा है वास्तव में अलंकार और नमन का किडनैपिंग देविका ने अपने एक मित्र के द्वारा किडनैपर हायर कर, किया था और 10 घंटे के उपरांत बच्चों को बिना कोई हानि दिये पुलिस स्टेशन पहुंचने का कॉन्ट्रैक्ट किया था। उसका मकसद बच्चों के पैरेंट और खास कर दोनों परिवार परिवारों के सदस्यों को डराना और दुखी करना था। उनमें चिंता जगाना था, उसमें वह कामयाब हुई। उसके षड्यंत्र ने इन दो परिवारों को हिला कर रख दिया था और किसी को पता भी नहीं चला। बच्चों के मन पर डर घर कर गया था और अभी तक वह नॉर्मल नहीं हो पाए थे पूरी तरह।

एक अवसर आया जो देविका ने घर के लोगों के मन की बात जानने का प्रयास किया।

देविका – रमन अलंकार डरा–डरा सा रहता है इसके मन में भय घर कर गया लगता है इसकी काउंसलिंग कराये तो अच्छा रहेगा।

जिज्ञासा – ये अच्छा नहीं हुआ मानती हूँ परंतु अब अलंकार और नमन भी सहज है चिंता की बात बिल्कुल नहीं।

रमन – देविका तुम्हें ऐसा क्यों लगता है कुछ कारण बताओ। मुझे तो अलंकार और नमन दोनों अब नॉर्मल ही लग रहे हैं।

देविका – मुझे चिंता है बच्चों की, सो कह दिया मैं गलत हो सकती हूँ।

रुकन – भाभी कह रही है उन्होंने कुछ सोचकर ही ऐसा कहा होगा।

रागिनी – हां सबका नजरिया अलग–अलग ही होता है।

अलंकार – देविका भाभी चिंता तो ना करो मैं तो शेर का बच्चा हूं डरता नहीं किसी से भी। अगर कभी वह मुझे मिल गए ना मैं उन्हें अपने बैट से मारने वाला हूँ मैं उन्हें कही भी कभी भी पहचान लूंगा।

देविका – बेटा तुम उन्हें पहचानते हो।

अलंकार – हाँ पहचान सकता हूँ मुझे उसका नाम रघुकुमार भी पता है, वह दूसरा आदमी उसे रघुकुमार कहकर बुलाता था।

देविका – दूसरा आदमी कौन।

अलंकार – जो हमें चाय के स्टाल पर पुलिस स्टेशन के सामने छोड़कर गया था।

देविका – थोड़ा डिस्टर्ब होकर पूछा अलंकार जो व्यक्ति तुम्हें छोड़ने आया था उसका नाम।

अलंकार – पता नहीं।

देविका – नमन को पता है उसका नाम नमन उन्हें पहचानता है वह भी तो तुम्हारे साथ था।

अलंकार – मुझे पता नहीं उसी से पूछो मामी।

रमन – अलंकार से जो जानकारी मिली है हमें पुलिस को बतानी चाहिए, शायद उन्हें कुछ क्लू मिले।

देविका – पुलिस अभी तक क्या कर पाई है अलंकार ने कोई खास बात तो बताई नहीं उससे पुलिस को क्या फायदा होने वाला है।

रमन – मैं मानता हूं परंतु पुलिस को छोटे से छोटे क्लू से भी बड़ी–बड़ी सफलता मिल पाती है।

देविका – चुप, जैसी तुम्हारी मर्जी।

जिज्ञासा – रमन तुम पुलिस एस.एच.ओ. को ये बात बता सकते हो जो अभी अभी अलंकार ने देविका को बताया है।

रमन – फोन पर, सर गुप्ता जी रघुपूरा पुलिस स्टेशन एस. एच.ओ. बोल रहे हैं, दूसरी ओर से फोन पर।

गुप्ता जी एस.एच.ओ.– हां मैं एस.एच.ओ. रघुपुरा पुलिस स्टेशन बोल रहा हूँ।

रमन – सर मैं रमन सिंह, अलंकार और नमन के अपहरण कांड के संदर्भ में कुछ बताना है आपको और रमन सिंह ने जो जो अलंकार ने बताया था, सब एस.एच.ओ. को डिटेल में बता दिया।

नीरज गुप्ता जी एस.एच.ओ. – रमन जी यह हमारे लिए महत्वपूर्ण जानकारी हैं हमें केस में आगे बढ़ने के क्लु मिल सकते हैं।

रमन सिंह – गुप्ता जी मैं यही सोचकर आपको बताना जरूरी समझा।

नीरज गुप्ता एस.एच.ओ. – धन्यवाद कुछ भी पता चले हमें बताते रहे।

ये सब देविका और घर के अन्य सभी सुन रहे थे ध्यान से जहां घर के सब लोग आशाचिंत हो रहे थे, देविका के मन में कुछ डर सा घर कर रहा था। अगर पुलिस को कोई सूराग मिला तो को क्या होगा, कहीं मैं फंस तो नहीं जाऊंगी। रमन ने एस.एच.ओ. से बात करने के पश्चात रक्षक कुमार को सभी डिटेल बता दी और यह भी कहा रक्षक कुमार अगर नमन कुछ भी बताएं तो पुलिस को जरूर बताते रहे। रक्षक कुमार ने हामी भरी और कहा बेशक हमें बच्चों के, उन अपराधियों को बचाना बिल्कुल नहीं हैं हम आपके घर आ रहे हैं। रमन वाकी बातें मिलने पर करेंगे। रमन ने कहा हम आप लोगों का इंतजार करेंगे यू आर वेलकम।

देविका अपने बेडरूम में जाकर गहन चिंता करने लगी, अच्छा किया किडनैप को डायरेक्टर हायर नहीं किया, वरना मेरा पकड़ा जाना निश्चित था। मैंने उन्हें डायरेक्ट नहीं हायर किया, ना आर्डर दिया मेरे ऊपर शंका नहीं जाएगी। भला उनके बच्चे आ गए है, सेफ है पता नहीं क्यों केस की तह तक जाने में लगे है, उन्हें और काम नहीं क्या, रमन तो कुछ ज्यादा ही उछल रहे हैं इनका दिमाग लगता है सही काम नहीं कर रहा है। फिर सोचने लगी अगर वह पकड़ी गई तो रमन का रिएक्शन क्या होगा। देविका स्वयं ही सोचती स्वयं ही जवाब दे लेती और स्वयं ही नाराजगी, कुछ नहीं होने वाला, मेरा कुछ नहीं होगा, मैं तो बिलकुल सेफ हूँ।

अध्याय-11

किडनैपिंग

आमतौर पर किडनैपिंग केस में फिरौती या धमकी होती रहती है और किडनैप किया व्यक्ति सकुशल वापस घर आ जाते हैं तो ऐसे मान कर आगे मामलों में संबंधित लोग, और पुलिस भी इसे मैटर रिजोलव कोई कार्यवाही या जांच में नहीं जाते, परंतु अलंकार और रमन के परिवार मामले की तह तक जाना चाहते थे। डी.आई.जी. भी चाहते थे कि शहर के दो बड़े परिवारों में यह घटना घटी है। यह अच्छा होगा इस केस की छानवीन सूचार रुप से की जाये और किडनैपिंग के पीछे की छुपी हुई हस्ती का पता लगाया जाए।

रवि रंजन सिंह और संजीव बाली दोनों ही शहर के प्रतिष्ठित लोगों में से थे। अतः पुलिस भी इस मामले में पूरी सजगता से लगी थी। सबसे बड़ी बात रघुपूरा पुलिस स्टेशन के एस.एच.ओ. नीरज गुप्ता कर्मठ और ईमानदारी छवि के अफसर माने जाते हैं और वह विवेचना बहुत ही अच्छे तरीके के साथ करते हैं। अतः इस केस की जांच बहुत गहनता से हो रही थी।

रमन सिंह और रक्षक कुमार दोनों पुलिस से फॉलो अप करते रहे। देविका आश्वत थी वह इस मामले की कर्ताधर्ता जरूर है, अभी तो पर्दे के पीछे से कराया गया कृत्य है उसे पकड़ पाना असंभव है फिर भी रमन और रक्षक का व्यवहार अपने लिए खतरा जरूर मान रही थी और रमन से मन ही मन खफा थी वह यह नहीं चाहती थी कि केस को इस दर्जे तक फॉलो अप करें वे लोग। उसने यह सबसे चिंता न करने का मन बनाया और अपने

आप को सेफ मानते हुए मामले से अपने को दूर रखना ही उचित समझा।

एक रविवार सब घर में ही थे, संजीव बाली के परिवार में संजीव बाली ने रक्षक को बुलाया और पूछने लगे।

संजीव बाली – रक्षक, आप चिंतित क्यों लग रहे हो जब से अलंकार और नमन का केस हुआ है ज्यादा ही उदासीन रहते हो। अरे भाई मेरी एस.एच.ओ. से कल बात हुई, अपने आप ही कह रहे थे अलंकार नमन किडनैपिंग मामले में पुलिस को क्लू मिल रहे हैं आशा है जल्दी ही अपराधी को गिरफ्तार कर लेंगे।

रक्षक कुमार – पापा यह तो सब ठीक है, परंतु एक महीना हो गया मैं और रमन पुलिस के रेगुलर टच में है, परंतु अभी तक कुछ खास नहीं हो पाया।

संजीव बाली – नहीं ऐसी बात नहीं है पुलिस इस किडनैपिंग केस को जल्दी ही सॉल्व करने वाली है।

नमन – दादा जी कौन से केस की बात कर रहे हो मुझे भी बताओ।

संजीव वाली – कोई बात नहीं बेटा।

नमन – दादा जी कल मैंने उस आदमी को जो मुझे और अलंकार को पुलिस स्टेशन वाले टी स्टॉल पर छोड़कर गया था उसको मार्केट में देखा था मैं डर गया था।

संजीव वाली – क्या

रक्षक कुमार – नमन तुमने मुझे यह बताया नहीं बेटा बताना चाहिए था वह लोग अच्छे नहीं है, बताओ कहां देखा था कब देखा था।

नमन – जब हमारी बस स्कूल से घर आ रही थी वह मार्केट में देखा था मैं डर के मारे में सीट पर छुप गया था।

रक्षक ने ज्यादा बात नहीं किया अभी तो उसने शांत रहना ठीक समझा अपने बेटे से कहा बेटा मुझे बताना अगर फिर कभी उसे कहीं देख लो। जाओ खेलो लॉन में । रक्षक कुमार ने संजीव बाली से कहा पापा मैं यह सूचना एस.एच.ओ. मिस्टर गुप्ता को दे देता हूँ उनको कुछ मदद मिले इससे। संजीव बाली ने भी सहमति से सर हिलाया। रक्षक ने एस.एच.ओ. मिस्टर गुप्ता जी को फोन पर वो सब बताया जो नमन ने उनसे बताया था और गुप्ता जी ने कहा यह हमारे लिए बड़े महत्व की इनफार्मेशन हो सकती है। इसका मतलब किडनैपर यहां आस–पास ही इसी शहर में है आप भी बच्चों का विशेष ध्यान रखें। रक्षक ने रमन को भी फोन पर सब बताया और यह भी बताया कि उसमें एस.एच.ओ. मिस्टर गुप्ता को सारी बातें बता दी हैं।

उधर रघुपूरा पुलिस स्टेशन में आकर चाय वाले नंदू पहाड़िया ने बताया कि एस.एच.ओ. साहब आज मैंने उसी व्यक्ति को यही पास ही एक और व्यक्ति के साथ बाजार में बातें करते हुए देखा है, उसे पहचाना और उसके पास जाकर उसे कहा अरे यार तुम, इतना कहते ही वह भागने लगा और दूसरे व्यक्ति से भी कहा भाग फंस जाएंगे। मैंने उसे पकड़ना चाहा पर वह हाथ छुड़ाकर भाग गया। वो समझ गए यह दूसरा व्यक्ति ही रघुकुमार उसका साथी है इन दोनों ने ही मिलकर यह किडनैपिंग की है, बस यह किडनैपर किसी ने हायर किए हुए हैं। परदे के पीछे का खेल लग रहा है एस.एच.ओ. ने अपने इंस्पेक्टर मिस्टर राठी को अपने केबिन में बुलाया और उनसे कुछ मुख्य मंत्रणा की। मिस्टर राठी ने एस.एच.ओ. से इतना कहा यह दोनों तो जल्दी ही पकड़ में आ सकते हैं, फिर देखते हैं सर हम इससे मेन अपराधी पकड़ पाते हैं या नहीं। हम प्रयास पूरा करेंगे।

एस.एच.ओ. मिस्टर गुप्ता राठी जी आप हमारे सबसे योग्य ऑफिसर हैं आप यह कर पाएंगे।

गोविंद राठी – सर हमारा पूरा प्रयास रहेगा, हम जल्दी ही पता लगा लेंगे।

नीरज गुप्ता – हमें आप पर गर्व है।

गोविंद राठी – धन्यवाद।

अथक प्रयास, पुलिस के सजग सूचनाओं के आदान–प्रदान, रमन और रक्षक के, तथा धीरे–धीरे कुछ बातें जो नमन और अलंकार ने दी उन सबको एक धागे में पिरोकर जो माला इंस्पेक्टर राढी ने तैयार की और जो एक्शन लिए गए उनका परिणाम यह हुआ कि पुलिस स्टेशन से लगभग 2 किलोमीटर दूरी पर एक मिडिल क्लास रेस्टोरेंट में रघु कुमार और उसका साथी वही व्यक्ति जो बच्चों को पुलिस स्टेशन के पास छोड़कर गया था। दोनों वहां रेस्टोरेंट में नाश्ता करने आए और पुलिस ने अपने नेटवर्क से उन्हें धर दबोचा। दो अपराधी रघु कुमार और उसका साथी ठक्कर दोनों को पुलिस ने गिरफ्तार कर लिया, बच्चों ने उन्हें पहचान भी लिया, उन दोनों ने माना कि उन्होंने योजना बनाकर अलंकार और नमन को स्कूल से ही उठाया था।। उन्हें पास के ही एक घर में जो खाली पड़ा है, उसमें पीछे के दरवाजे से अंदर जाकर उन बच्चों को वहां रखा, वह अपने साथ चॉकलेट और बिस्किट तथा बिसलेरी पानी लाए थे। उन्होंने बच्चों को डराया, पर कोई हानि नहीं की और निर्धारित प्रोग्राम के तहत उन्हें ठक्कर पुलिस स्टेशन के सामने की टी स्टॉल नंदू पहाड़ी की टी स्टॉल पर छोड़कर भाग आया था। हमें यह सब करने के लिए एक व्यक्ति ने ₹200000 दिए थे काम करने को कहा, और यह भी कहा की बच्चों को कोई हानि ना हो। हमने उससे उसके कहे अनुसार पैसे लेकर यह सब कर दिया, इससे ज्यादा हम कुछ नहीं जानते। वह उस व्यक्ति को पहचान भी नहीं सकते उसका चेहरा भी नहीं देख पाए। हमें माफ करें हमने कोई बच्चों को नुकसान नहीं किया और सकुशल पुलिस के पास पहुंचाया।

इससे ज्यादा पुलिस भी कुछ नहीं कर पाई मास्टर माइंड नहीं पकड़ा गया, यह मामला अनसुलझा ही रह गया, मास्टर माइंड कौन है या उसका क्या अभिप्राय था, पता ना चल सका देविका वह सब जानती थी क्योंकि कराया तो उसने ही था मास्टरमाइंड तो वही थी, उसे ढूंढते रहो वह तो घर में ही सकुशल रही, बड़ा सीक्रेट मिशन चलाया उसने। जिसकी जितनी निंदा की जाए कम होती, हुआ तो कुछ नहीं ऊपर से वह बच्चों की शुभचिंतक ही बनी रही दिखती रही, किसी को पता नहीं चला बस सब सामान्य हो गया समय के साथ।

इस अनसुलझे एपिसोड से देविका का दूसाहस बड़ा और वह अब कुछ ज्यादा ही करने का प्लान करने लगी। पता नहीं क्यों उसने जिज्ञासा और रक्षक से क्यों अदावत पाल रही थी जबकि उसके साथ कोई किसी भी प्रकार का भेदभाव नहीं किया जाता था। घर में उसको सब अच्छे व्यवहार से रख रहे थे। देविका ने बच्चों के लिए परेशान परिवारों को देखकर अपने मन की शांति पाई थी। जिज्ञासा और रागिनी को वह खुश नहीं दुखी ही देखना चाहती और उससे वह कुछ सफल भी हो रही थी। अलंकार और नमन को किडनैप तो कराया हालांकि उनके स्वस्थ और सकुशल लौट आने से घर में सब चैन की सांस ले रहे थे परंतु उनका मानसिक कष्ट वह ही जानते थे और संताप सह रहे थे। वही देविका मन में खुश हो रही थी, वो ईर्ष्या और जलन की गिरफ्त में जो थी। दोनों परिवारों में जहां सब सामान्य हो गया था हां बच्चों की सुरक्षा बढ़ गई थी अब वह कोई चांस नहीं छोड़ना चाहते थे और देविका का दुष्ट मन अपनी अगली प्लानिंग में व्यस्त हो गया वह अब एक षडयंत्रकारी हो गई थी जिसका मकसद अपनों को ही आहत करना था अलंकार जो उसे मामी मामी कहते नहीं अघाता था। उससे भी कटु व्यवहार करती थी। ऊपर से प्यार जताती परंतु मन में कुछ और सोचती और करती भी कुछ ज्यादा अच्छा नहीं, बालक कई भावुक होते हैं। अलंकार

अब मामी का नकली बनावटी व्यवहार समझ गया था। अतः वह मामी से निकटता कम करने लगा था और कभी–कभी सबके सामने यह कह भी देता था मामी आप बदलने लगी हो, मुझे प्यार नहीं करती, मुझे यह अच्छा नहीं लगता। देविका ने कहा नहीं बेटा मैं तो तुम्हें जीजी से भी ज्यादा प्यार करती हूँ, बहुत प्यार करती हूं अपने भांजे से चांद सा बेटा अलंकार।

जिज्ञासा भी समझती थी, उसने भी देविका का व्यवहार बदला पाया, परंतु उसे कहा कुछ नहीं। रोहिणी जरूर कभी–कभी महसूस करती थी, देविका के व्यवहार की रुखायी को। परंतु कोई भी देविका के षड्यंत्र को नहीं जान पाया। रमन अवश्य अपनी पत्नी को निर्दोष नहीं मान रहा था। हालांकि परोक्ष रूप से कभी भी कहा कुछ नहीं परंतु देविका की कपटी नजर जानती थी कि उसका पति रमन उसे दोषी नहीं तो निर्दोषी भी नहीं मानता, उसे रमन का व्यवहार खलता था।

रमन एक अत्यंत उज्जवल नेचर का व्यक्ति, अपने पूरे परिवार का हितैषी, द्वेष न रखने वाला इंसान और उसकी पत्नी देविका बिल्कुल विपरीत।

जिज्ञासा घर की बड़ी बेटी, निस्वार्थ, सच्ची हितैषी, अपने परिवार की सरल, सहज, चरित्रवान, देविका को प्यार सम्मान देने वाली और देविका ऐसी तो नहीं उसके साथ।

रुकन अपनी भाभी का प्रिय देवर, भाभी को सम्मान देने वाला और अब देविका उसकी पत्नी से ईर्ष्या, जलन लिए हुए। डॉक्टर रोहित देविका उसके साले की पत्नी को मान सम्मान देना और उसका हितैषी हमेशा, जबकि देविका ऐसी बिल्कुल नहीं।

मतलब यह परिवार देविका को जितना मान सम्मान देते, थे उसे हमेशा सबसे पहले रखते थे, बस देविका सिंह ऐसे सोच नहीं रखती थी।

जिज्ञासा को रूलिंग पार्टी से प्रदेश से लोकसभा का उपचुनाव का टिकट मिल गया, चुनाव हुआ और जिज्ञासा लोकसभा में सांसद चुनी गई जिज्ञासा का बोर्न फ्री पब्लिक स्कूल के प्रिंसिपल रहते शहर में अच्छी ज्ञान–पहचान हो गयी थी। केंद्र सरकार के कैबिनेट विस्तार में वो मिनिस्टर बन गई, उन्हें स्टेट मिनिस्टर एजुकेशन का पद मिला। जिज्ञासा के इस प्रकार मिनिस्टर बन जाने पर जहां उनके परिवार और रिश्तेदार प्रसन्न थे, अगर सब में कोई मन से द्वेष लेकर अपसेट था तो वह केवल देविका ही थी। जल भुन गयी थी। देविका और लग गई उनके विरुद्ध प्लान बनाने में।

अध्याय-12
पसंद नहीं आया

पसन्द नहीं आया

बर्दाश्त नहीं हुआ, देविका को जिज्ञासा का चुनाव जीतकर रूलिंग पार्टी से लोकसभा सीट जीतना और फिर मंत्री बन जाना देविका को ना पसंद आया और ना ही वह बर्दाश्त कर पा रही थी, ऊपर से डॉक्टर रोहित जिज्ञासा के पति मेडिकल बोर्ड नगरिगढ़ के अध्यक्ष बन गए अब तो पार ही हो गयी हद, देविका तो बिफर पडी और लग गई उन्हें परेशान करने की जुगत में।

हर परिवार में कोई ना कोई व्यक्ति राक्षसी प्रवृत्ति का हो ही जाता है यह होता है जिसे अपने अलावा किसी दूसरे सदस्य की कोई भी अच्छी बात या तरक्की या उत्थान पसंद नहीं आता और वह बर्दाश्त नहीं कर पाए फिर वह लग जाते हैं उसको डाउन करने में। अपनी जीत उसे हर हाल में चाहिए होती हैं। वह अपने गोल अचीव करने के लिए परिवार में भी किसी भी सीमा तक जाते हैं और सिंह परिवार में ऐसी ही थी देविका। उसे अपने अलावा कुछ ना दिखता था, ना सुहाता था, वह थी बड़ी बुद्धिमान परन्तु वह परिवार की आहत करने और रखने में लगती नहीं अधाति थी।

देविका पहले षड्यंत्र में पकड़ में नहीं आई, यह उसका लक था या तो कहे उससे उसको बच निकलना था। उसने जाना कि उसके पति रमन के घर वह अभी भी है, तब भी थी। रमन बिल्कुल भी उस पर विश्वास नहीं कर पा रहा था।

देविका जिज्ञासा और डॉक्टर रोहित की सफलता और समाज, में बढ़ती इज्जत, देविका पचा नहीं पा रही थी। परंतु मन मसोस कर ही चल पा रही थी। देविका मन ही मन विलविला, गई जब उसे पता चला कि जिज्ञासा को उसके स्कूल के बोर्ड में मनोनीत कर लिया गया और उससे बोर्ड का चेयर पर्सन बनावाया गया। जिज्ञासा ने प्रिंसिपल का पद छोड़ दिया और उसकी वॉइस प्रिंसिपल को प्रिंसिपल बना दिया। जिज्ञासा और रोहित रतनगढ़ से रॉबिन स्टेट कैपिटल नगरिगढ़ शिफ्ट हो गए, ताकि वह नागरिगढ़ जो कि देश की राजधानी भी थी, में रहकर देश की लोकसभा और स्टेट में सामाजिक कार्यों में योगदान दे सके और डॉक्टर रोहित को भी नागरिगढ़ में रहकर ही अपना सहयोग मेडिकल बोर्ड नागरिगढ़ में देना था। अब डॉक्टर रोहित और जिज्ञासा अपने सारे कार्य रतनगढ़ से नगरिगढ़ ले जाने की पूरी तैयारी कर चुके थे। उनके फ्लैट का लीज किसी अच्छी कंपनी से अच्छे रेंट पर फाइनल हो गयी थी। लगभग एक वीक बाद वह नागरिगढ़ शिफ्ट करने वाले थे। जिज्ञासा का सरकारी बंगला आवंटित हो चुका था।

और यह क्या हुआ उनके रतनगढ़ छोड़कर नगरिगढ़ जाने का समय बहुत ही कम यानी तीन–चार दिन बचे थे कि डॉक्टर रोहित के घर, उसके क्लिनिक सब जगह सुबह एक साथ इनकम टैक्स डिपार्टमेंट का छापा पड़ा। रवि रंजन सिंह परिवार को भी सुबह पता चला दोनों डिपार्टमेंट के छापे में टीम को ऐसा कुछ नहीं मिला जिसमें किसी प्रकार की अनियमितता मिली, किसी भी प्रकार ऐसा कोई सबूत कागज, पैसा, जेवर, आदि बैंक खाता कहीं भी कुछ भी गलत ना पकड़ में आया और इनकम टैक्स की टीम लौट गई क्लीन चिट उस विभाग ने दी डॉक्टर रोहित के परिवार सहित रतनगढ़ से नागरिगढ़ जाने में कोई बाधा नहीं डाली। सारा परिवार विस्मित था, शॉक भी लगा, बिना बात के, बिना किसी कारण के अकस्मात रेड हो जाना। किसी के गले नहीं उतर पा

रहा था। अब नगरिगढ़ शिफ्ट होने मे कोई किसी भी प्रकार की बाधा अब नहीं हैं।

समाज में इज्जत पर असर पड़ता, ऐसा नहीं हो पाया रेड हुई और कुछ नहीं मिला। जनता ने यह समझ लिया डॉक्टर रोहित और जिज्ञासा की तरक्की से जलकर किसी बुरी सोच के लोगों ने ही कराया होगा। उन्हें सबसे पहले घर में देविका ने प्रतिक्रिया दी।

देविका – डॉक्टर रोहित से संबोधित होते हुए जीजा जी आपका ऐसा कौन सा दुश्मन रतनगढ़ में पैदा हो गया यह सब क्या और क्यों हुआ ।

डॉक्टर रोहित – देविका हमें क्या पता यह तो वही जाने जिसने ऐसा कराया होगा।

देविका – लगता है कोई आपकी और जीजी की सफलताओं से जलकर ऐसा किया होगा।

डॉक्टर रोहित – देविका हम कैसे जान सकते हैं हमारा कोई हमारी जानकारी में कोई दुश्मन नहीं है।

देविका – पता लगाकर उसे दंडित करना जरूरी है।

डॉक्टर रोहित – नहीं हम ऐसा नहीं चाहते हम ठीक है बस और क्या हमें चाहिए।

जिज्ञासा – देविका हमें ऐसी बातों से ना विचलित होना चाहिए और ना समय बर्बाद करना चाहिए।

रवि रंजन – मैं जिज्ञासा के स्टैंड को सही मानता हूँ परंतु मुझे पता तो लगाना पड़ेगा हमारा छुपा दुश्मन है कौन।

देविका – पापा जरा पता करना और दुश्मनी रखने वालों को सबक मिलना ही चाहिए।

डॉ. रोहित – पापा, देविका हम ऐसा कुछ नहीं चाहते बदले की भावना में लगकर समय और मानसिक शांति का नुकसान बहुत होता है। समय बर्बाद करें अगर कोई हमारा अननोन दुश्मन है भी तो हम उसे क्षमा करते हैं।

रोहिणी – हो सकता है जो हुआ है ना उसमें भी कुछ भलाई ही हो एक तरफ से क्लीन चिट मिलना इसका संकेत है। निश्चित रहे सब, हमें कुछ भी हो बदले की भावना आने ही नहीं देनी है।

सबने रोहिणी की बातों का पॉजिटिव नोट लिया और रोहिणी से सभी ने सहमती जताई, नो वेस्ट आफँ टाइम, नो रिवेंज क्षमा दी उनको जो हमारा बुरा चाह कर भी नहीं कर पाए।

देविका जो इस पूरे एपिसोड की कार्यधर थी और न किसी ने जाना ना पहचाना ऐसा ही महसूस कर रही थी। मन में सोच रही थी, इन्हें तो कुछ असर ही नहीं पड़ा, उन्होंने तो फॉरगिव कर दिया।

यह तो अप्रत्यक्ष रूप से मेरे मुंह पर तमाशा हुआ ना, मैं छोडूंगी नहीं, जब तक मेरा षड्यंत्र सफल न हो।

मुझे लगता है मुझे बहुत से प्रयास करने होंगे देविका के अलावा परिवार में सब भूलकर डॉक्टर रोहित फैमिली के नागरिगढ़ शिफ्ट होने के और वहां जाकर उच्चासीन होने से प्रसन्न थे। देविका पर किसी को इस बार भी किसी प्रकार का शक नहीं हुआ। इस कांड को करने के बाद भी देविका परिवार की नजरों में अपने लिए कोई दुर्भावना नहीं देख रही थी। देविका वह नहीं थी जो संभल जाए, अगले षड्यंत्र के लिए फिर प्लानिंग में लिप्त हो गई, उसे जरा भी शर्म महसूस नहीं हुई, वह सब उसे कितना मान सम्मान देते हैं, प्यार करते हैं, और वह षडयंत्रों का पिटारा लेकर

चल रही है। कहते हैं दुष्ट प्रवृत्ति का इंसान दुष्ट होता है और अपना प्रशंसक होता है। देविका इस बात में अपवाद नहीं थी।

डॉ. रोहित और जिज्ञासा अब रतनगढ़ से राजधानी नागरिगढ़ चले गए और सरकारी बंगले में शिफ्ट हो गये। जिज्ञासा ने अपना मंत्रालय संभाल लिया और अत्यंत शालीनता से सुधार करना भी शुरू कर दिया।

देविका मन में व्यथित हुई, उसको अपने रचे गए षड्यंत्र में असफलता मिली। बार–बार की असफलताओं से भी सबक नहीं अपितु हार्डकोर्ट बनने की और अगरसर होती गई। षड्यंत्र से तो डॉक्टर रोहित और जिज्ञासा बच गए अपितु लाभांवित ही हुए। देविका कुढ़ते मन से बद्दुआ ही दे रही थी। जबकि उसे अब तक बदलकर परिवार में मुख्य धारा में जुड़ जाना चाहिए था। उसने ऐसा ना सोचा, ना किया और ना ही करने का संकल्प किया। परिवार में ऐस भी लोग होते हैं यह विडंबना है।

देविका पर अबकी बार फिर से रमन को शक हुआ, आजकल वो कुछ बदली – बदली सी लग रही थी। परंतु यह उसका बाहय रूप ही था जिस पर रमन का मन विश्वास नहीं कर पा रहा था। उसे रह रहकर लग रहा था हो ना हो देविका ने ही जिज्ञासा दीदी से जलन के कारण अपना जुगाड़ लगा कर दीदी के घर रेड कराई हो। भगवान का शुक्र है उसे नुकसान नहीं फायदा हो गया, रोहित जीजा और जिज्ञासा दीदी की पब्लिक इमेज में इजाफा हुआ है। रमन की दृष्टि में उसे यह षडयंत्र रचने की मुख्य भूमिका में देविका ही नजर आ रही थी। सबूत नहीं और पत्नी होने के कारण ने वह कुछ कर पाने की स्थिति में नहीं था।

एक दिन रमन ने सोचा क्यों ना वह देविका को होटल में डिनर कराए और बातों के सिलसिले में पता लगाने का प्रयास करें कि देविका आजकल घर में किसमें समय व्यतीत करती है। वह राजवीर होटल जो की शहर का नंबर वन माना जाता था। वहां

वह देविका के साथ डिनर पर गया काफी लंबी सिटिंग और कैंडल लाइट डिनर किया वहां उसने स्वयं से बात शुरू की देविका अलंकार और नमन किडनैपिंग तथा डॉक्टर रोहित जीजा जी के यहां रेड यह दोनों मुझे एक ही व्यक्ति का करा धरा लगता है। यह इंसान है जो हमारे जीजा, जीजी और हमारे परिवार का भला नहीं सोचता बहुत पुरानी खुंदक रखता है ऐसा लगता है हालांकि हमें नुकसान नहीं पहुंचा था फिर भी प्लानिंग तो उसने बड़ा नुकसान पहुंचाने की थी। मुझे तो लगता है थोड़ा नजदीकी है, सब जानता है हमारे परिवारों के विषय में। हम मान कर चल रहे हैं हमारा कोई दुश्मन है ही नहीं और वह हमें मिटाने का इंतजाम करता है। बस पता यह लगाना चाहिए कि आस्तीन का सांप कौन था, यह कहिए कि घर का भेदी कौन है और अल्टीमेटली चाहता क्या है मेरा दिमाग उन्हीं बातों में खराब हुआ जा रहा है। तुम्हें भी समय नहीं दे पा रहा क्षमा करें। आगे से ऐसा नहीं होगा। बीच–बीच देविका रमन का चेहरा पढ़ने की कोशिश करती रही थी। बिना देविका का रिस्पांस देख रमन ने कहा देविका यार तुम तो मुझसे ज्यादा इंटेलिजेंट हो तुम ही अपना असेसमेंट बताओ इस पहेली को सुलझाने में मदद करो।

देविका – रमन मुझे नहीं लगता कोई घर का भेदी या आस्तीन का सांप है। इन घटनाओं का पता लगाने का प्रयास करना तुम्हें अच्छा लग रहा है मैं इसे समय की बर्बादी मानती हूँ मैं क्या घर में सभी ऐसा ही मत रखते हैं।

रमन – पर घटनाएं इस ओर इशारा करती हैं। दिमाग का फालूदा बना दिया देविका मुझे अच्छा नहीं लगता ये सब।

देविका – किसे अच्छा लगता है ये सब किसी को नहीं। मुझे जीजी, रक्षक, सुरंका के बच्चों का किडनैपिंग दिल से बुरा लगा बच्चे मिल गए बस और हमें क्या चाहिए था, रही रेड की

बात किसी ने शिकायत कर दी होगी रेड से नुकसान हुआ नहीं फायदा ही हुआ।

रमन – हां देविका तुम्हारी बात और सोच मुझे समझ में आ गई थैंक्स।

देविका – इसमें थैंक्स की बात नहीं। बात सोचने की नहीं दिमाग शांत रखो इससे नुकसान ही नुकसान है।

रमन – यार तुम तो बड़ी समझदार हो।

देविका – मक्खन नहीं। यह बताओ कहीं तुम मुझे शक के दायरे में मानते हो क्या।

रमन – क्या डार्लिंग तुम अब हद कर रही हो। यू आर माय बीलव्ड वाइफ सवाल ही पैदा नहीं होता। शक वह भी तुम पर कमाल करती हो यार।

रमन देविका से कुछ देर जरा रोमांटिक बातें करते–करते डिनर समाप्त करके होटल बिल चुका कर होटल से निकल पड़े। कुछ देर ड्राइव की और फिर घर आ गया। देविका सोच रही थी कहीं रमन उस पर शक तो नहीं कर रहा। रमन सोच रहा था कहीं देविका डिफेंसिव होकर यह साबित करने का प्रयास तो नहीं कर रही कि समय बर्बाद मत करो, पता चलने देने वाली वह नहीं है। देविका बहुत चतुर थी उसे घर में सबसे चतुर कहा जाये या माना जाए तो अतिशयोक्ति नहीं होगी। उसे रागिनी का रोहिणी के साथ क्लोज होता व्यवहार भी खलने लगा था। वास्तव में रागिनी को रानी रूपमती का प्यार एवं व्यवहार रोहिणी से मिल रहा था, तो वह अक्सर उन्हें मम्मी जी मम्मी जी पुकारती रहती थी उनके इर्द–गिर्द घूमना पसंद करती थी और यही बात उसे सबसे ज्यादा खलती थी। जबकि रोहिणी दोनों बहू को एक समान मानती थी। देविका और रागिनी दोनों एक समान पर यह देविका को ना तो खुशी देता था और ना सकून अब उसके षड्यंत्र के लिए उसे

रागिनी एक पात्र मिल गयी। उसने रागिनी के खिलाफ भी षड्यंत्र का हथियार उठा लिया था।

देविका यहां तक जाती थी, रागिनी की वॉच, बेडरूम, साड़ियां, आदि आदि कहीं उसे बेहतर तो नहीं। भला वह क्यों ही सोचती थी ऐसी बातें, पर वह सोचती थी और फिर चिढ़ कर रागिनी को सवक सीखाने का प्लान करती। इस सोच ने अभी प्रत्यक्ष लड़ाई का रुप ग्रहण नहीं किया था। अब जब जिज्ञासा रतनगढ़ से नागरिगढ़ चली गई तो देविका का दायरा रागिनी को भारी पड़े ऐसी प्लानिंग में देविका लगी रही। एक दिन देविका ने मजाक कर नाटक का रूप लेकर रागिनी से कहा, देखो रागिनी बड़ी बहू मैं हूँ घर की और देखो पापा ने बड़ी गाड़ी तुम्हें दी है गिफ्ट में, रोहिणी और रवि रंजन कुछ बोलते उससे पहले यह रागिनी बोल पड़ी जीजी यह गाड़ी अगर आपको ज्यादा पसंद है तो यह आप ले लो मैं आप वाली रख लेती हूं और रागिनी ने अपनी लेटेस्ट मॉडल बी एम डब्ल्यू की चाबी निकाल कर देविका की ओर चलीं। देविका ने कहा अरे नहीं रागिनी मैं तो मजाक कर रही थी, तुम अपनी नई वाली बी एम डब्ल्यू रखो मेरी पुरानी भी बहुत अच्छी है नई जैसी ही है।

रवि रंजन जो पास ही खड़े थे, वह देविका और रागिनी से कहा रागिनी तुम्हें अपनी गाड़ी देविका से बदलने की कोई जरूरत नहीं है हम कल देविका की कार को एक्सचेंज कर नई वाली कार तुम्हारे मॉडल वाली ही बी एम डब्ल्यू देविका को दिला रहे हैं। रागनी दीदी बी हैप्पी एंड कांग्ररेचुलेशन टू यू फार न्यू कार बी एम डब्ल्यू।

अब देविका क्या कहती उसका तो कोई इशू नहीं बन पाया। परंतु वह इससे खुश होने के बजाय अपनी हार मान रही थी। उसका इशू बनने से पहले ही खत्म हो गया था। देविका को अगले दिन नई मॉडल बीएमडब्ल्यू मिल गई, उसने अपने ससुर

रवि रंजन सिंह को धन्यवाद तो जरूर कहा, पर मन में खुश ना होकर। आगे की किसी षड्यंत्र की रूपरेखा बनाने में लग गई।

अध्याय-13

रागिनी को समझने में

रागिनी को समझने में ज्यादा समय नहीं लगा कि उसकी जेठानी देविका रागिनी को कम पसंद करती है और बात-बात में प्यार – प्यार से वह रागिनी को नीचा दिखाने के अप्रत्यक्ष कर्म में लीन रहती है। देविका का भी ज्यादा ध्यान अभी जिज्ञासा से थोड़ा हटकर रागिनी के प्रति प्रतीत हो रहा था। देविका अपनी सर्विस से फिर से लापरवाह होती जा रही थी। उसके मैनेजमेंट ने जब यह ज्यादा महसूस किया तो उन्होंने एफ चीफ मैनेजर को उस विभाग का हेड बना दिया, जिसकी हेड देविका सीनियर मैनेजर बनी हुई थी। कंपनी में इस बदलाव को देविका को झटका माना जा रहा था, इसे देविका और ज्यादा बागी बनकर गलतियों पर गलतियां करने लगी थी। उसका ध्यान काम से ज्यादा विभाग की पॉलिटिक्स में लग रहा था, जिससे उसका रहा सहा प्रभाव कमजोर होता जा रहा था।

रमन सब जानते हुए भी देविका को सुधार नहीं पाए, वह अभी भी सुनती कम टोन्ट ज्यादा करने लगी थी। रमन अपने आप को बेबस पाए धीरे-धीरे स्थिति इतनी बिगड़ गई थी कि चीफ मैनेजर ने अब देविका को अपने डिपार्टमेंट के लिए अवांछित डिक्लेयर कर दिया और विडंबना देखिए देविका जो एक समय इस डिपार्टमेंट की जिसको वह हैड कर रही थी। सीनियर मैनेजर रहते, अब उसमें ही रिजेक्ट की जा रही थी, ऐसा नहीं था कि देविका जान नहीं सकती थी, वह सब सोच समझकर कार्य करती, तो ऐसा नहीं होता। अंततः कंपनी ने देविका का ट्रांसफर अपनी सुदूर पश्चिम की ब्रांच में सीनियर मैनेजर पद पर कर दिया और

तुरंत प्रभाव से, उससे यहां का चार्ज ले लिया। अब देविका को नये पद पर ज्वाइन करना था, देविका का तो सारा खेल ही बिगड़ गया। अब वह क्या करती उसने प्रयास तो किया, अपने फादर इन लॉ से भी कहा, पति को भी यह कंपनी का फैसला प्रभावित करने को कहां, यह हो नहीं पाया, कंपनी ने उसे ट्रांसफर देकर वापस लिया जा रहा है यह भी मैनेजमेंट ठीक नहीं मान रहा था परंतु एम डी देविका को एक चांस देना कह कर देविका को निकाला नहीं परमानेंट नहीं किया। सब तरफ से निराश होकर देविका ने रिजाइन कर दिया जिस कंपनी ने तुरंत स्वीकार कर लिया। देविका अब घर पर ही रहती। उसने कुछ प्रयास किये नई नौकरी पाने के लिए परंतु पा ना सकी और रह गई अनइमयलाय

करेला और नीम चढ़ा वाली बात हो गई देविका पहले से ही परिवार के षड्यंत्र में लगी रहती थी और अब तो वह अपना पूरा ध्यान और मन अपने ही भरे पूरे परिवार पर कर रही थी। केवल षड्यंत्र की प्लानिंग उस परिवार में जो उसे प्यार, सम्मान, और सारी सांसारिक सुविधा भी देता रहा था। अब उसके पास समय ही समय था। कंपनी से नौकरी छोड़ चुकी थी, अब तो उसका समय और दिमाग बस खाली ही था, सो कहें खाली दिमाग शैतान का घर। यही तो हो रहा था देविका के साथ अब वह अपना पूरा ध्यान षड्यंत्र की प्लानिंग में लगा रही थी अब तो उसके पास समय ही समय था नौकरी छोड़कर अब ज्यादा भयंकर चालें चलने की प्लानिंग में लगी रहती थी। सबसे ज्यादा तो वह अपनी तुलना रागिनी से करने लगी थी और बात बात पर गुस्सा रहने लगी थी और

रागिनी एक समझदार लड़की थी, नई–नई शादी हुई थी और वह सिंह परिवार में पूरी तरह मिक्स अप होती जा रही थी। परंतु वह एक बात महसूस कर रही थी, कि उसकी बड़ी दीदी जेठानी देविका उससे अजीब व्यवहार करती थी, उसकी भाषा में

व्यंग ज्यादा होते हैं और वह मजाक कर उसे वह कह जाती थी जो उसे नहीं कहनी चाहिए थी। रागिनी अत्यंत शांत और शालीन व्यवहार से देविका को अवसर नहीं देती कि वह बातों को तूल दे और रागिनी की स्थिति परिवार में हास्यापद हो जाए। रोहिणी रागिनी का विशेष ध्यान रखती थी, उनके अनुसार वह परिवार में नई–नई आई है और तरीके सीखने में कुछ तो समय लगता ही है। रागिनी भी रोहिणी का सम्मान और प्यार रखती थी।

रुकन और रागिनी दोनों शहर के सबसे बड़े अस्पताल में डॉक्टर थे, परंतु दोनों का अस्पताल में जाने और घर आने का एक ही समय था इसलिए वह साथ ही आते – जाते थे। कुछ दिन इन्हे कुछ एक्सपिरियन्स लेना था, वैसे रंजन सिंह ने अस्पताल बनाने का प्लान किया था और अस्पताल बन रहा था। 300 बेडीड अस्पताल बनाने का संकल्प था, जिसमें सारी सुपर स्पेशलिटी का समावेश करना प्लान में है, अस्पताल का काम तेजी से चल रहा था, फिर भी समय और लगन संभावित था। रवि रंजन ने देविका से अस्पताल का कार्य देखने का आग्रह किया था। परंतु इसमें उसकी ना नुकर देखते हुए इतना ही कहा समय देने का अभी मन नहीं है तो बाद में एडमिनिस्ट्रेशन संभालना, तुम्हें तो मैनेजमेंट का तजुर्बा है ही।

जब एक दिन रंजन सिंह जी ने अपने बड़े बेटे रमन सिंह से मंत्रणा की कि 300 बेड मल्टी सुपर स्पेशलिस्ट वाले अस्पताल को चलाने में मैनेजमेंट में एक्सपर्ट मैनेजमेंट बनाना या रखना होगा। वह यह अस्पताल सर्वोत्तम रखना चाहते थे, क्यों तुम्हें अभी से अस्पताल का कार्यभार संभालो। कंपनी में तुम्हें मैनेजर का अच्छा खासा तजुर्बा है। रवि रंजन जी की बातें और इच्छा समझकर रमन ने पिता से कहा वह अपनी चीफ मैनेजर की पोस्ट से इस्तीफा देकर पारिवारिक जिम्मेदारी समझते हुए अपने पापा के साथ खड़े होना चाहते हैं और बस अगले ही दिन उन्होंने रमन

सिंह ने कंपनी से इस्तीफा देकर तुरंत प्रभाव से अपने पापा की रियल स्टेट के फॅर्म में तथा अस्पताल के कंस्ट्रक्शन का कार्यभार संभालने की जिम्मेवारी ले ली। रमन सिंह को रवि रंजन सिंह ने रियल स्टेट फॅर्म और अस्पताल के मैनेजमेंट में डायरेक्टर बना दिया।

तुरंत प्रभाव से रमन सिंह काम में लग गए उनका क्वालिफिकेशन और तजुर्बा तथा उनकी लगन का असर दिखाया दोनों रियल स्टेट फॅर्म और अस्पताल का कार्य बढ़ता गया। यह सिंह परिवार का अच्छा समय था।

परंतु देविका ने रमन से नाराजगी दिखाई क्यों उन्होंने अपनी सर्विस से इस्तीफा देकर परिवार के लफड़े में फंसे वह नहीं चाहती थी। रमन सिंह कोई भी पारिवारिक जिम्मेदारी ले, रमन वह अपनी पारिवारिक जिम्मेदारियां से भागने वाला नहीं था।

रूकन को अपने भाई का यह फैसला बहुत पसंद आया वह जानता था। उसका बड़ा भाई पारिवारिक बिजनेस में आने के बाद बिजनेस में भी और अस्पताल के कार्य में भी चार चांद अवश्य लगायगे। उसने अपने पापा, भाई और अपनी मम्मी को मुबारकबाद भी दी। रूकन ने अपनी भाभी देविका को जब मुबारकबाद देनी चाही तो देविका ने इतना ही कहा देखो तुम्हारे भाई क्या तीर मार लेंगे। मतलब अपनी खुशी नहीं जताई। रुकन ने कहा भाभी हम लोग तो आपको भी छोड़ने वाले नहीं हैं अस्पताल मैनेजमेंट में समय आने पर आपको ज्वाइट मैनेजिंग डायरेक्टर बनाकर ही छोड़ेंगे।

एक दिन चाय पर सभी थे।

रमन सिंह – मम्मी पापा की बात मानकर रियल स्टेट और अस्पताल की जिम्मेवारी लेकर मैं खुश हूं।

रोहिणी – बेटा बाप से जिम्मेदारी लेते हैं बाप सबसे ज्यादा खुश होते हैं तुम्हारे पापा भी बहुत खुश है।

रुकन – मेरे भैया ने जिम्मेदारी ली है तो उसे निभाना भी जानते हैं।

देविका – देखते हैं क्या कर पाते हैं पक्की नौकरी छोड़कर आए हैं।

रागिनी – रमन भाई साहब के ज्वाइन करने का प्रभाव दृ ष्टिगोचर हो रहा है। पापा का चेहरा देखकर उनकी खुशी झलकती है।

रुकन – रागिनी से मैं पूरी तरह सहमत हूं।

रमन – रागिनी तुम्हें हम पर विश्वास है ना, देविका को तो शायद नहीं।

देविका –नहीं रमन तुम पर अविश्वास तो नहीं पर समय बताएगा।

रवि रंजन सिंह – मैं रमन का 100 प्रतिशत विश्वास करता हूं।

रागिनी – डॉक्टर रागिनी सहमत हैं 100 प्रतिशत विश्वास।

रुकन – मैं डॉक्टर रागिनी के साथ हूँ 100 प्रतिशत विश्वास अपने भाई रमन पर। बी टेक यूनिवर्सिटी टॉपर और अब सिंह परिवार टॉपर 100 प्रतिशत विश्वसनीय जो रमन सिंह डायरेक्टर सिंह ग्रुप ऑफ कंपनीज इसी बीच सबने डिनर किया।

सब अति प्रसन्न, देविका भी बोली गुड लक रमन सिंह।

रोहिणी – अच्छा कल इवनिंग में एक अच्छी सी पार्टी फोर्ब्सटर होटल नंबर वन में रुकन और रागिनी अरेंज करेंगे।

गुड नाईट एवरीवन कहकर पापा, रवि रंजन और मम्मी रोहिणी सिंह उठकर अपने बेडरूम की ओर चले गए, रह गए रमन, देविका, रुकन और रागिनी।

रमन – घर में हमेशा अच्छा माहौल रहे मन खुश रहता है।

रुकन – भैया सही कह रहे हैं।

देविका – रुकन भैया आप ज्यादा ही तारीफ नहीं कर रहे हैं चने के झाड़ पर चढ़ा रहे हो।

रुकन – भाभी आपको भी मक्खन लगाएंगे और चने के पेड़ पर चढ़ाएंगे, पर आप भैया की तरह सिंह परिवार में जिम्मेवारी को सिंह ग्रुप आफ कंपनी में ज्वाइन करो, पापा का हाथ बटाओ।

देविका – मैं आपकी चिकनी चुपड़ी बातों में फंसने वाली नहीं। मैं ऐसा नहीं करना चाहती परिवार का झंझट मन में सोच रही थी।

रमन – रुकन इन्हें अभी छोड़ो जब ज्वाइन करेंगे तब ज्वाइन करेंगे कर लेंगे नहीं करें नहीं करेंगे तो नहीं करें पापा ने इन्हें मुझसे पहले ऑफर दिया था जो इनकी समझ में नहीं आया।

देविका – रुकन रागिनी को ज्वाइन कर दो।

रागिनी – आप बड़ी हैं आप पहले आपका सम्मान पहले।

देविका – अच्छा, तुम भी।

रमन सिंह – रुकन, रागिनी, हमारा हॉस्पिटल का कंसलटैण्ट ग्रुप कल आ रहा है। मशीनों के आर्डर होने हैं आप दोनों की उपस्थिति रहनी चाहिए कल।

रागिनी और रुकन एक साथ जरूर भैया।

देविका – नए–नए डॉक्टर क्या सलाह लेंगे और क्या सलाह देंगे।

रागिनी – बात 100 प्रतिशत सही है, पर भाभी आप तो नये नहीं हो आपसे सलाह लेकर हम भी तजुर्बेकार हो जाने वाले हैं।

रुकन – भाभी देविका भी तो टॉपर हैं अपने बैच की भैया इन्हें आप कंपनी में अपना सीनियर या जूनियर जो चाहे बना लो वरना भाभी सबको ऐसी कहती रहेगी।

आफटर आल मेरी भाभी ग्रेट है

देविका – बनाओ मत रुकन।

रुकन – देवर हूं आपका, मेरा तो हक बनता है।

देविका – यह तो है आपका, हक बनता है अब अपनी पत्नी को बता देना।

रागिनी – नहीं बताने की, रुकन अपनी भाभी का लाडला देवर है और रहने वाला है।

रूकन – देखा भाभी

रमन – देविका सीरियसली सोचो यार तुम मैनेजमेंट में आकर सिंह ग्रुप कंपनी को चार चांद लगा सकती हो। आप योग्य भी हो कैपेबल भी हो तुम्हारे आने से सुधार आवश्य होगा।

रुकन – भाभी आप सोच समझ कर हमारी बातों पर गौर करना परिवार चाहता है आप ज्वाइन करें और बिना देर लगाये मेरी आपसे यही रिक्वेस्ट है।

रागिनी – रुकन आपको हमारी लाडली भाभी निराश नहीं करेगी उन्हें कुछ समय दो वह जरूर गौर करेंगी। फैसला लेंने में उन्हें कुछ समय चाहिए पर वह फैसला लेंगी जरूर।

रमन सिंह – रुकन रागिनी कह ठीक ही रही है हो सकता है देविका को कुछ समय चाहिए ठीक है उसे फैसला लेने दे देविका से आशा है मानेगी जरूर अरे भाई रुकन तुम्हारी भाभी जरुर मानेगी 'हसीना मान जाएगी।"

रुकन – उम्मीद पर दुनिया कायम है सब हंस पड़े और फिर आपस में गुड नाइट कह कर अपने अपने कमरों में चले गए।

अध्याय-14
रतनगढ़ से राजधानी

डॉ. रोहित, जिज्ञासा और अलंकार रतनगढ़ से चले गए और राजधानी शिफ्ट हो गए। अब वह लोग देविका की व्यापक दृष्टि से ओझल हो गए अपितु अभी भी देविका उनका अच्छा सोचने लगी हो ऐसी बात नहीं। देविका की सर्विस से इस्तीफा से अब वह घर में ज्यादा समय रहने लगी, परंतु ऐसा नहीं कि उसने कुछ अच्छा सोचना शुरू किया हो ऐसा नहीं कर पा रही थी। वह इस जलन खोर सबका बुरा सोचने की प्रवृत्ति वाली देविका का आपसे षड्यंत्र और घर के मेंबर्स को तग करने की प्लानिंग में लगी रहती थी।

रवि रंजन सिंह ने उसे फैमिली बिजनेस कंपनी में लेना चाहा जो उसके लिए एक उचित अवसर था। उसने प्रस्ताव बड़ी चालाकी से ठुकरा दिया, रमन उसके पति ने कंपनी से इस्तीफा देकर पारिवारिक बिजनेस और अस्पताल का कार्यभार संभाल लिया तो वह भी देविका को रास नहीं आया वह अपनी नाराजगी छुपा नहीं सकी।

रुकन और रागिनी दोनों देविका को अब अच्छे नहीं लग रहे थे एक तो वह सबसे बड़े अस्पताल में रेजिडेंट डॉक्टर हो गए थे। दूसरा रवि रंजन सिंह शहर का सबसे बड़ा 300 बैंड का अस्पताल उनके लिए बनवा रहे थे, ऊपर से उसके पति रमन सिंह अस्पताल बनाने का काम पूरा करने में जी जान से लग गए थे। देविका अगर अपना स्किल अच्छे कामों में लगाती परिवार के साथ मिलकर चलती तो वह इतनी कम्पीटेन्ट एंड कैपेबल थी कि वह

मिरेकल कर सकती थी, लेकिन नहीं वह तो राक्षसी प्रवृत्ति की ओर बहुत एकाग्रता से अगरसर थी। अपना बच्चा को गंवाने का अफसोस ही नहीं था वह कुंठाग्रस्त हो गई थी। कहते हैं जिस प्रवृत्ति की देविका लगने लगी थी वैसे इंसान अपनी बात को ऊपर रखने के लिए और ईर्ष्या जलन से ग्रस्त होने के कारण किसी भी सीमा तक गिर सकते हैं और उन्हें जरा भी पश्चाताप नहीं होता। रमन सिंह यह सब जान चुके थे परंतु करते भी तो क्या उसकी पत्नी बड़ी शातिर दिमाग रखती थी और उसके परिवार को प्रताड़ना में रखना चाहती थी। उसके लिए वह तरह–तरह के हथ कंडे अपना चुकी थी। वह तो परिवार का भाग्य कहो या करिश्मा परिवार पर आंच अभी तक नहीं ला पाई थी देविका।

और अब उसके टारगेट थे रागिनी और रुकन। रमन जान गए थे अस्पताल का बनना उसे कतई रास नहीं आ रहा था। वह मानती थी यह शहर का सबसे बड़ा और मल्टी स्पेशलिटी के साथ बन रहा है। यह वास्तव में रुकन और रागिनी को मिलने वाला है उसे तो एक नेकलेस या नई साड़ी देकर टरकाया गया है, यूँ कहो देविका को पसंद नहीं आ रहा था। अस्पताल का बनना वह भी उसके पति रमन सिंह के द्वारा।

दूसरी और डॉक्टर रोहित मेडिकल बोर्ड रॉबिन स्टेट नागरिगढ़ के डायरेक्टर बन गए थे। अलंकार का एडमिशन नागरिगढ़ के सर्वोत्तम स्कूल में हो गया। वह मेधावी छात्र तो है ही जिज्ञासा कैबिनेट विस्तार में कैबिनेट मिनिस्टर एजुकेशन बन गई, मतलब जिज्ञासा का परिवार एलीट क्लास से भी ऊपर पहुंच गया। देविका ने सोचा नहीं उन्हें शुभकामना भी नहीं दी, वह तो मन ही मन जल गई और उनके पतन की कामना करने लगी। अब जिज्ञासा से देविका जलन ईर्ष्या आदि तो कर सकती थी। परंतु अभी वह उसके खिलाफ कुछ कर पाने की स्थिति में नहीं थी। आगे देखा जाएगा सोच कर उधर से ध्यान हट जाता। अब

रागिनी, रुकन, रोहिणी, रविरंजन सिंह, यहां तक की अपने प्रिय पति रमन का भी अहित करने की प्लानिंग करने में व्यस्त हो गई थी। रागिनी उसकी देवरानी के परिवार को भी वह अपने टारगेट से बाहर नहीं रख रही थी। एक दिन रमन उसे जानना चाह रहे थे कि वह परिवार बिजनेस नहीं तो कहीं बाहर क्यों नहीं ट्राई करके अपना करियर बनाने का प्रयास करती।

रमन सिंह – देविका आपके रिजाइन करके जॉब छोड़े कई महीने हो गए। घर की कंपनी आपको पसंद नहीं, क्यों नहीं। बाहर की कंपनी में कोई अच्छा सा जॉब ढूंढने का प्रयास करती।

देविका – मेरा आराम से घर में रहना आपको अखरने लगा है क्या, ऐसा नहीं मुझे कोई अच्छी नौकरी नहीं मिलेगी। मैं ट्राई ही नहीं किया। मैं कुछ दिन घर में सही हूं।

रमन – तुम्हें लगता है मैं तुम्हें आराम से नहीं देखना चाहता।

देविका – और क्या मेरा खाली घर में बैठना आपको खल रहा है। तुम तो सही हो, मेरी छोड़ो, मैं जानती हूं अब तुम्हें मेरी कोई भी बात अच्छी नहीं लगती।

रमन – कहां की बात कहां और कैसे ले जाती हो। मुझे तुम्हारी चिंता है इसलिए।

देविका – रहने दो मैं सब समझने लगी हूं आप अब बाहर से कुछ और अंदर से कुछ और हो गए हो।

रमन – देविका तुम पगलाती जा रही हो तभी तो ऐसी जली कटी सुना रही हो।

देविका – हाँ मैं ऐसी ही हूं और ऐसी ही रहने वाली हूँ।

रमन – ओके तुम सही और सब हम सब गलत, हमें माफ करो अब आगे इस विषय पर बात नहीं मुझे माफ करो देविका।

जोर की ऐसी आवाज सुनकर रोहिणी जो आज अपने कुछ पार्लर का निरीक्षण करने जाने वाली थी वह रमन और देविका के पास आकर पहले तो खड़ी – खड़ी सुनती रही और जब रमन ने कहा देविका मुझे माफ करो वह बोली।

रोहिणी – बेटा, देविका क्या कह रही हो रमन आपका ख्याल नहीं रखता ऐसा हो ही नहीं सकता।

रमन – मम्मी मैं कितनी देर से इसे समझा रहा हूं यह है कि मान ही नहीं रही।

रोहिणी – देविका और रमन आपको एक दूसरे का पूरा ख्याल रखना चाहिए, मुझे तो लगता है आज कुछ खास विषय पर लड़ रहे हो।

रमन – नहीं मम्मी मैं तो उससे उसके फायदे की बातें कर रहा था। यह कहने लगी है कि मैं बदल रहा हूं इन्हें अनसुना करता हूँ।

रोहिणी – क्या ऐसा है

रमन – नहीं मम्मी

देविका – मम्मी के सामने बड़े सीधे बन रहे हो। मुझे बुरा और खुद को अच्छा दिखाने में, मुझे तुम्हारा विश्वास कम हो रहा है।

देविका – मम्मी आप भी कौन सी मेरी सुनती हो बस मुझे लगने लगा है रागिनी ही आपकी बहू है मैं तो बेकार हूँ। मैं आपका लाडली तो क्या, कहीं भी स्टैंड नहीं करती।

रोहिणी – गलत देविका ऐसा नहीं है ना होगा मेरे लिए रागिनी और तुममे कोई अंतर नहीं है।

देविका – पहले मैं भी यही मानती थी। रवि रंजन सिंह भी आवाज सुनकर वहीं आ गए उन्होंने देखा रोहिणी और रमन कुछ असहज लग रहे हैं पूछा।

रवि रंजन – रमन, रोहिणी, देविका क्या हो रहा है कोई समस्या है तो हमें बताओ, अभी समस्या का समाधान ढूंढते हैं।

देविका – नहीं पापा आप समस्या का समाधान नहीं कर पाओगे, यह मामला रोहिणी मम्मी और रमन मेरे पति से जुड़ा है।

रोहिणी – कोई ऐसी बात नहीं, देविका जरा बातों का बतंगड़ बनाने की कला सीख गई है इसका खाली दिमाग शैतान का घर हो गया लगता है आप छोड़िए, शाम को बात करेंगे तब तक रमन और देविका भी समझ जाएंगे हमारे घर की शांति भंग होती जा रही है कुछ तो करना ही पड़ेगा।

देविका – चुप पर नाराजगी चेहरे पर।

रमन – चुप पर चेहरे पर संताप।

रवि रंजन सिंह – शांत पर विश्मित।

रोहिणी सिंह – शहर में अपने पार्लर का निरीक्षण करने चली गई। रवि रंजन सिंह और रमन सिंह दोनों अस्पताल की साइट पर चले गए रास्ते में कोई बात ऐसी नहीं हुई थी। कौन क्या सोच रहा है इस आज की घटना के बारे में ।

रुकन और रागिनी इस सबसे अनभिज्ञ रहे क्योंकि आज वह दोनों घर से अस्पताल की ड्यूटी पर निकल गए थे। घर पर क्या बातें हुई है, रमन, देविका की पापा मम्मी के साथ। जब रुकन और रागिनी अपनी ड्यूटी से वापस घर आए तो उन्होंने देखा आज देवकी भाभी अपने रूम से बाहर नहीं आई, उनके कमरे का दरवाजा खुला था। अब वे दोनों` पास आकर बोले भाभी आज शाम सलमान की नई मूवी चलते हैं देखने। रमन भैया वहां सीधा

आ जाएंगे, रमन क्या पता आ पाएंगे या नहीं मेरा भी मन जरा ऐसा ही हो रहा है लेकिन हम लोग फिर कभी देख लेंगे तुम दोनों अपना प्रोग्राम हमारी वजह से खराब मत करो। रुकन और रागिनी को आभास हो गया देविका भाभी आज जरूर कोई नया बखेड़ा खड़ा करने वाली है। उनकी बात की टोन से यह लगता है रुकन और रागिनी ने इतना कहा भाभी कोई बात नहीं हम सब फिर कभी देख लेंगे मूवी आज घर पर ही पार्टी करेंगे। देविका ने उन्हें बताया कि घर में पापा वह मम्मी परिवार की मीटिंग बुलाने जा रही है। महारानी रोहिणी सिंह, रागिनी बोली भाभी इसमें क्या नई बात है परिवार की बैठक तो होती रहनी स्वभाविक है कहीं आपका मूड इसी वजह से तो खराब नहीं। देविका की ओर देखने लगी। अपनी ओर रागीन को देखते हुए देविका ने कहा रागिनी, रूकन में ना किसी से डरती हूं ना ही कोई मेरा मूड खराब कर सकता है वह तो तुम्हारे भाई रमन है जिन्होंने आज सुबह–सुबह बखेड़ा खड़ा कर दिया। शायद इसी वजह से ही मम्मी ने अपसेट होकर शाम को मीटिंग करना तय कर लिया है। आजकल आपकी सासू मां को भी नया–नया महाभारत करना अच्छा लगने लगा है और हां पापा तो उनके पीछे–पीछे चलने वाले होते जा रहे हैं। रागिनी रूकन अब इस घर की लाडली बहू, बेटा आप लोग हैं हमारी तो इस घर में कुछ पूछ नहीं रही है। मैं इस सबसे चुप बैठने वाली नहीं हूँ। रागिनी समझ गई आज देविका भाभी भरी बैठी हैं उसने वहां से निकलते हुए कहा भाभी आओ मैं सबके लिए चाय लाती हूँ। देविका ने कहा मुझे अभी चाय नहीं चाहिए आप और रुकन दोनों चाय ले लो मैं अभी थोड़ी देर में आती हूं । मेरा तुम दोनों से कोई झगड़ा है नहीं, सासु मां भी हमें लड़वा नहीं सकती। तुम तो मेरी छोटी बहन जैसी हो यह कहने को तो देविका कह रही थी पर उसके मन में था रागिनी सारे झगड़े की जड़ तो तुम ही हो, मैं तुम्हें हीरोइन तो इस घर की बनने नहीं दे सकती।

रागिनी और रुकन वहां से चले गए और देविका उनके साथ चाय पीने नहीं गई। अब शाम को अगर घर में मीटिंग हुई और सुबह का मैटर डिस्कस हुआ तो उसका क्या स्टैंड रहेगा, उस पर प्लानिंग में लग गई। अब देविका का टारगेट था रागिनी और कुछ हद तक वह अपनी वृक दृष्टि मे रमन को ले आई। देविका जैसी इंसान अपने पति तक भी छोड़ने वाली नहीं थी क्योंकि वह सीधा सच्चा इंसान अपने पूरे परिवार का साथ देता था। देविका को यह भी आभास हो चला था कि रमन उसकी गतिविधियां समझने लगा है और वो दिन दूर नहीं जब वह उसके लिए कृतों को उजागर कर देगा। रमन सिंह भी सोच रहे थे अब पानी सर से ऊपर होता जा रहा है। देविका अब स्वयं को बचाने के लिए कुछ भी कर सकती है, किसी भी सीमा तक जा सकती है, उसे विश्वास होता जा रहा था। पहले की घटनाओं में देविका का ही हाथ है बस उसके खिलाफ कोई सबूत नहीं मिल पाया है। जिज्ञासा दीदी और उसका परिवार तो देविका की गिरफ्त से बाहर है। वहां सब सुरक्षा के चौकन्ना इंतजाम है आंखों से दूर अतः वहां की चिंता ज्यादा नहीं परंतु बाली परिवार के मेंबर सारे के सारे उस पर विश्वास करते हैं उन्हें देविका अपना निशाना कभी भी बना सकती हैं। उसके लिए कुछ भी असंभव नहीं। रमन को आज की बातों से विश्वास होने लगा था देविका कुछ भी कर सकती है उसका दिमाग ही षड्यंत्रकारी है शातिर दिमाग औरत है कुछ तो करना पड़ेगा।

अध्याय-15

पारिवारिक बिजनेस

रवि रंजन सिंह का पारिवारिक बिजनेस और तरक्की कर रहा था। स्टेट में उनका नाम था। अब अस्पताल भी लगभग पूरे होने को था। मशीनों के फर्नीचर के, सभी आर्डर दिये जा चुके थे। रमन के बिजनेस संभालने का फायदा साफ दिखाई देता था। रवि रंजन रमन से बहुत प्रसन्न थे। रमन मन लगाकर कार्य जो कर रहा था। हां देविका नहीं सुधरी उसने घर की कंपनी ज्वाइन नहीं की, नई नौकरी उसे मिल नहीं पा रही थी। उसे इसके लिए शहर से दूर जाना पड़ता देविका जैसी थी वैसी ही रही। मन कुंठाग्रस्त, स्ट्रिक्ट नेचर, घर में पारिवारिक षड्यंत्र यही तो था उसका प्रिय कार्य।

रमन नहीं संभाल पा रहा था देविका को उसके षड्यंत्र और विनाशकारी कृतियों से, देविका अब ज्यादा उच्च–श्रखंल होती जा थी। रमन को भी कटाक्षों का सामना करना पड़ रहा था। रमन कुछ हद तक देविका से उसके सुधरने की आशा छोड़ने लगा था। देविका भी अब खुलकर ऐसा व्यवहार करने लगी जिसे सिंह परिवार पूरी तरह से प्रभावित होता जा रहा था। क्योंकि वह रागिनी से खुलकर ईर्ष्या पूर्ण व्यवहार कर रही थी। अब बाली परिवार भी प्रभावित हो रहा था। संजीव एवं रक्षक ने रवि रंजन और रमन से सीधी बात करना ही उचित समझा। रागिनी अपने मायके में कुछ बताती नहीं थी फिर भी उन्हें साफ पता चल गया था। देविका कभी–कभी किसी भी हाल में रागीनी का अहित कर सकती है बल्कि करेगी ही।

देविका भी किसी की परवाह ना कर खुलकर परिवार में महाभारत शरंव नाद करने की हर संभव प्रयास में लगी थी।

देविका ज्यादा समय घर में रहती, किसी भी कार्य में हाथ ना बटाती थी न किसी प्रकार की जिम्मेदारी लेती थी। रागिनी को वह बात–बात पर ठोकने और चिढ़ाने की भाषा का इस्तेमाल करती। अब वह उसका दायरा बढ़ता जा रहा था, वो अब रोहिणी से भी बात–बात पर झगड़ा करने पर उतारु हो जाती। पहले पहले तो रोहिणी ने सोचा देविका को खाली रहने का फ्रस्ट्रेशन है शायद, परंतु जल्दी ही वह समझ गई देविका षड्चंत्रकारी योजनाएँ बनाने लगी है देविका का पूरा परिवार उसकी ओर से किये गये इन प्रहारों से दुखी भी था आश्चर्यचकित भी। इतनी पढ़ी–लिखी बहू घर की इज्जत का फालूदा बनाने पर क्यों उतर चुकी है। उन्हें जवाब नहीं मिल पा रहा था।

और एक दिन वाली परिवार में उस दिन नमन का बर्थडे सेलिब्रेट हो रहा था। पूरा सिंह परिवार वहाँ आमंत्रित था हाउस में पार्टी का इंतजाम था। आज संजीव बाली का पोता 11 वर्ष का हो रहा था। रक्षक कुमार भी इस फंक्शन में जी जान से लगे थे। परिवार, रिश्तेदार, मित्रगण, गणमान्य, गेस्ट आ चुके थे। नमन का 11वां बर्थडे यादगार रहे ऐसे प्रयास थे। रुकन आज इमरजेंसी ड्यूटी पर थे रागिनी बर्थडे पार्टी की देखरेख में लगी थी। इमरजेंसी ड्यूटी से फ्री होकर रुकन अपने साले रक्षक के बेटे की बर्थडे पार्टी में समय पर पहुंचने के लिए कार थोड़ी तेजी से चलाते हुए अस्पताल से निकले ही थे कि एक बड़ा टेंपो उनकी कार से टकरा गया टेंपो का तो कुछ बिगड़ा नहीं और उसका ड्राइवर उस एक्सीडेंट स्पाट से भाग गया। रुकन को समझ में नहीं आया हुआ क्या है बस इतना याद रहा कि उनकी कार से कुछ भारी टकराया है चोट इतनी लगी कि रुकन घायल अवस्था में बेहोश हो गया। एक्सीडेंट अस्पताल के बिल्कुल सामने हुआ था,

उसे अस्पताल में सब जानते थे। सिक्योरिटी के लोगों ने कार से निकाला और तुरंत अस्पताल में इमरजेंसी में दाखिल कर लिए। इस अस्पताल के सीनियर डॉक्टर होने के कारण उन्हें सभी पहचानते थे। उनको तुरंत ऑपरेशन के लिए ले जाया गया। बहुत गंभीर हालत है रुकन की। अस्पताल से सबसे पहले रागिनी को फोन किया गया। वह पार्टी में बिजी थी फोन उठाने में देरी हुई। बाली हाउस में नमन के बर्थडे पार्टी में देविका बड़ चढ़कर भाग ले रही थी। वह हर समय सुरंका के पास ही रही थी। रानी रूपमती के पास जाकर कई बार देविका केक कटिंग के बारे में उससे बातें कर रही थी। रोहिणी के आसपास भी दिखती रही थी।

जैसे ही बर्थडे केक काटा नमन ने उससे थोड़ी ही देर बाद रागिनी का फोन पर ध्यान गया तो उसने पाया अस्पताल से कई कॉल है। उसने कॉल बैक किया तो अस्पताल के रिसेप्शन ने बताया डॉक्टर साहब आपके पति रुकन सिंह का बहुत सीरियस एक्सीडेंट हुआ है। तुरंत अस्पताल पहुंचे। रागिनी डॉक्टर थी, फिर भी वह पत्नी भी थी डॉक्टर रुकन का यह फोन सुनते ही वह रोने लगी और तुरंत रुकन के पास हॉस्पिटल जाने लगी। रक्षक कुमार और रमन रागनि के साथ तुरंत निकल गए अस्पताल के लिए। घर में खुशी का माहौल बदल गया चिंता में। संजीव बाली, रानी रूपमती, रवि रंजन सिंह, रोहिणी, चारों भी एक साथ अस्पताल के लिए निकल गए। सुरंका को घर में रह कर घर को देखना था पार्टी को, कलोज करना था उसने वह किया। नमन ने पूछा फूफा जी को क्या हो गया तो सुरंका ने उसे बताया, वो अस्पताल में हैं, सब उन्हें देखने निकल गए हैं। हम भी जल्दी ही जाएंगे वहां, नमन नें सिर हिलाया और अपने मित्रों को विदा करने लगा पार्टी से।

रुकन का ऑपरेशन ठीक हो गया। उसे लगभग 7 दिन लगे पूरी तरह रिकवर होने में, एक्सीडेंट करके भागा, टेंपो का

पता चल गया था। अस्पताल से तीन किलोमीटर दूर सड़क किनारे मिला पार्क किया हुआ टेंपो। पता चला यह एक दिन पहले ही चोरी हुआ था और उसकी रिपोर्ट पुलिस स्टेशन में लिखी गई थी। कोई एक्सीडेंट करके इस चोरी के टेंपो से इसे सड़क किनारे छोड़ करके भाग गया। पुलिस को लगा यह कहीं करायी गई घटना तो नहीं है, बाली परिवार ने इस घटना का एफ. आई. आर. कर दी थी पुलिस अपनी छानबीन में लगी थी। स्कन अस्पताल से डिस्चार्ज होकर घर आ गए थे पुलिस अभी तक पता नहीं लगा पाई। यह जरूर माना जा रहा था कि कोई रुकन पर जानलेवा हमला एक्सीडेंट करके किया है या कराया गया है। उसका मकसद क्या था क्या वह इत्तेफाक है, कि जो टेंपो से हुआ वह चोरी का निकला, खैर रुकन अब स्वस्थ होकर अस्पताल की अपनी ड्यूटी पर जाने लगा। रागिनी अपने पति के हुए इस एक्सीडेंट के सदमे से नहीं उभर पा रही थी। उसे पता नहीं क्यों लग रहा था किसी ने उसके पति का हत्या की प्रयास किया है।

देविका रुकन को देखने कई बार हॉस्पिटल भी गई थी। कभी अकेली, कभी रमन या रोहिणी के साथ, पार्टी में वह सारा समय सबके सामने थी, पूरी पार्टी समय वह वहां थी सबके साथ सबके सामने। रमन से भी उसने रुकन के बारे में अनेकों बार कुशल अक्षेम की बातें की थी। देविका आश्वस्त थी उसके ऊपर कोई किसी भी तरह का शक नहीं करेगा, वह सेफ है। देविका ने यह कांड बड़ी चतुराई से प्लान बनाकर किया था। अबकी बार उसने बहुत ही बड़े अपराधी से सहायता ली थी। वह रुकन को मारना नहीं बस मारने की कोशिश लगे ऐसा करना था। देविका यह करने में सफल रही। ड्राइवर जिसने टेंपो से रुकन की कार को मारा था, वह पकड़ में नहीं आया। वह तो शहर में यह कांड करने आया था, किया और चला गया। पुलिस ने केस क्लोज नहीं किया पुलिस की जांच जारी थी।

रमन अब अत्यंत चिंतित रहने लगे उसे देविका की गतिविधियां सही नहीं लग रही थी। उसका नमन की बर्थडे पार्टी में विशेष योगदान भी संकेत कर रहा था। वह आजकल रुकन का खास ख्याल रख रही थी, दिखाना चाह रही थी। मम्मी से भी बहुत कायदे से व्यवहार कर रही थी। यह उसका हृदय परिवर्तन तो नहीं था। रमन मान रहा था देविका का इस कांड से रिश्ता जरूर है काफी उहापोह में रहने के बाद रमन ने अगले दिन देविका से कहा।

रमन सिंह – देविका अब मुझे बदली – बदली क्यों नजर आ रही हो।

देविका – यह तो आप पर लागू होता है मुझ पर नहीं।

रमन – देविका अपनी तीसरी आंख से देखकर बताओ रुकन पर यह हमला किसने किया या कराया है।

देविका – मैं जासूस कब से बन गई। मेरी तीसरी आंख तो तुम हो रमन।

रमन – देविका मुझे ऐसी सूचना मिल रही है पुलिस भी यही बता रही है।

देविका – क्या सूचना मिली है।

रमन – यह टेंपो का चोरी होकर, रुकन का उससे एक्सीडेंट होना ड्राइवर का टेंपो को सड़क किनारे पार्क करके भाग जाना इत्तेफाक नहीं बल्कि शातिर प्लानिंग है किसी की, पर किसकी, किसकी है पता भी जल्दी ही लग सकता है।

देविका – बहुत अच्छा होगा अगर पता लगा तो, पर यह पता लगाना ही तो मुश्किल है। पुलिस कुछ दिन घुमाएगी फिर केस बन्द कर देगी बस खत्म।

रमन – नहीं देविका इस बार ऐसा नहीं होगा। मैं एक ज्योतिषी से बात की उसके अनुसार इस सब के पीछे किसी औरत का हाथ है।

देविका – क्या कहा किसी औरत का, क्या बात करते हो आप भी रमन।

रमन – क्यों औरत ऐसा नहीं कर सकती। आजकल तो औरतें बड़े–बड़े कांड कर जाती हैं और पता भी नहीं चलता बच निकलती हैं धोखा देकर।

देविका – क्या आप बेकार की बातें लेकर बैठे हो, मुझे यह अच्छा नहीं लगता।

रमन – इसमें अच्छा लगे या ना लगे कि क्या बात है तुम्हें थोड़ा ही कहा जा रहा है।

देविका – अच्छा, कहीं आप मुझे ही दोषी तो नहीं मान रहे हो तुम्हारा कुछ बनता नहीं भातृ प्रेम में कुछ भी।

रमन – मैं ऐसा कह भी नहीं रहा, सोच भी नहीं रहा, तुम्हें ऐसा लग रहा है क्या, बताओ।

देविका – अगर ऐसा करोगे तो मुझे सोचना पड़ेगा तुम्हारे साथ और रहना है या बस।

रमन – मतलब

देविका – मैं आपको छोड़कर चली जाऊंगी पर ऐसे ही नहीं तुम्हें सबक सिखा कर। आजकल तुम्हारे पर कुछ ज्यादा ही निकल रहे हैं आप मां बाप के और भाई के लाडले होते जा रहे हो और कुछ तो दिखता नहीं तुम्हें।

रमन – क्या बेकार की बातों में दिमाग लगा रही हो। हां आजकल हमारा परिवार आपको कुछ अच्छा नहीं लगता, तुम्हारी बातें तो यही इशारा करती हुई प्रतीत हो रही है।

देविका – ज्यादा और बेकार की बकवास सुनने में मेरा कोई भला नहीं, विश्वास नहीं है मैं अब सो रही हूं तुम्हें सबक सिखाने का समय आ ही गया है।

रमन – तुम मुझे क्या समझती हो, मैं क्या तुम्हारा खरीदा हुआ गुलाम हूँ, क्या तुम तमीज से बात नहीं कर सकती, चली मुझे सबक सिखाने वाली, आपको अपनी सीमाएं नहीं लाघनी चाहिए, मर्यादा भी कोई सीखी है या नहीं खाली, किताबें पड़ी है बस।

देविका – मुझे मर्यादाएँ, सीमाएं मत समझाओ आप अपनी मर्यादा और सीमाएं जानो। मैं तुम्हारी नौकरानी नहीं की कुछ भी कह दिया और हीरो बन गए, मुझे हीरो का जीरो बनाने में देर नहीं लगेगी।

रमन – तो बात यहां तक पहुंच चुकी है अब मुझे भी बात नहीं करनी तुमसे।

देविका – मैं भी मरी नहीं जा रही है आपसे बात करने के लिए। गुस्से में पैर पटकते वॉशरूम की ओर बढ़ गई।

रमन – उठकर बाहर आ गए अब उन्हें लग रहा था कहीं हो ना हो देविका का परोक्ष अपरोक्ष रूप से रुकन के एक्सीडेंट में देविका का ही हाथ तो नहीं।

रमन के समझ में नहीं आ रहा था कैसे बढे रुकन का एक्सीडेंट उसके लिए पहेली बना था। उसका एक मित्र कुलभूषण चौहान नागरिगढ़ में सिक्योरिटी एजेंसी चला रहा था। सरकार भी उससे अनेक अनसुलझे केसों में सहायता लेती रहती थी। उसके पास जासूसी एजेंसी का लाइसेंस भी था। रमन ने कुलभूषण चौहान से फोन पर बात की, पता चला वह रतनगढ़ में है अभी–अभी आया है और वह आज शाम उसे मिलेगा। रमन ने कुलभूषण चौहान को होटल एक्स में शाम को बुला लिया।

कुलभूषण चौहान रमन का बचपन का मित्र था और वह कुलभूषण के पुलिस में जाने के बाद एमबीए करने चला गया था। अब कुलभूषण पुलिस सर्विस छोड़कर आपनी डिटेक्टिव एंड सिक्योरिटी सर्विस चल रहा था। आज वह इस सिलसिले में रतनगढ़ आया था और तभी इत्तेफाक से रमन ने याद किया और अब आज शाम दोनों मिल रहे थे। आपस में अनेको बाते करने के पश्चात रमन ने उसे नमन, अलंकार किडनैपिंग, डॉक्टर रोहित, जिज्ञासा के यहां बिन मतलब की रेड और अब रुकन के इस एक्सीडेंट की सारी कहानी सुनायी और अपनी ओर से अपने पत्नी पर किए जाने वाली शंकाओं की बात विस्तार में बतायी और सबसे पहले रुकन के एक्सीडेंट की सच्चाई पता लगाने की इच्छा जाहिर की। उसने कुलभूषण को कहा यह जांच और छानबीन में समय और धन दोनों अधिकता में लगेगी, वह जितना चाहे करें परंन्तु उसे पता लगा कर बताएं।

कुलभूषण ने कहा उसे विश्वास ही नहीं वह श्योर है यह पारिवारिक षडयंत्रों की श्रखंला निकलेगी और वह रमन की पूरी सहायता करेगा। दोनों का संवाद देर तक चलता रहा और एग्रीमेंट हो गया। कुलभूषण इन तीनों घटनाओं की पूरी जानकारी रिकॉर्ड की और यह तीनों टास्क सॉल्व करने की जिम्मेवारी ली पूरी जांच और पूरी टिप्पणी को गुप्त रूप से करने का आश्वासन दिया। रमन ने कुलभूषण को अग्रिम राशि का कॉन्ट्रैक्ट के अनुसार 10 लाख का चेक भी दिया जिसे कुलभूषण को स्वीकार करना ही पड़ा। कुलभूषण के साथ यह अनुबंध करने के बाद रमन ने पूरा वृतांत अपने पिता रवि रंजन सिंह जी को बताना जरूरी समझा। सब जानकर वह बोले ईश्वर करे जो तुम्हें शंका है वह गलत साबित हो रवि रंजन जी ने कहा।

अध्याय-16

सहायता मांगी

रमन सिंह ने कुलभूषण चौहान से सहायता मांगी अपने घर में षड्यंत्र का पता लगाने की और कुलभूषण ने सहायता ही नहीं समस्या सुलझाने की जिम्मेवारी संहर्ष स्वीकार की। रमन ने एहसान नहीं अपितु कुलभूषण से प्रोफेशनली सर्विस मांगी, जिसे कुलभूषण ने पूरा करने का संकल्प भी लिया और रमन को विश्वास भी दिलाया। कुलभूषण ने बिना समय गंवाये अगले दिन से कार्य शुरू कर दिया। हां अब उसने रमन से कहकर अपने एक सहायक कर्मी को रमन के घर का ड्राइवर रखवा दिया, जिसकी ड्यूटी में देविका को भी सेवा देना था। आजकल वह भी ड्राइवर ले जाती थी। पुराने ड्राइवर को उन्होंने अस्पताल की साइट पर रख लिया।

रमन ने अपने पिता रवि रंजन सिंह को सारी बातों से अवगत करा दिया था, परंतु वह चिंतित थे अगर कहीं इस सारे के पीछे देविका का हाथ निकला तो हम क्या करेंगे, अगर उसे सजा हो गई तो घर की इज्जत समाज में क्या होगी। भगवान करे देविका का किसी भी रूप में भागीदारी ना निकले।

नया ड्राइवर बहुत ही कार्य कुशल व घर की ड्राइविंग सर्विस बखूबी पूरा करता था। वह एक कुशल ड्राइवर ही नहीं एक अच्छा सिटी गाइड भी लगता था। शहर के सारे रास्ते रतनगढ़ के भी और राजधानी के भी भली भाँती जानता था, जल्द ही वह घर का फेवरेट ड्राइवर बन गया। देविका अक्सर उसे ड्यूटी पर ले जाने लगी।

रमन और देविका के बीच झगड़े बढ़ते जा रहे थे अब देविता को लगने लगा था रमन उसे शक की नजर से देखता है उस पर उसका विश्वास घट रहा है। आजकल जागते–जागते देविका कभी–कभी कहा करती हम दोनों के साथ रहने का मतलब ही क्या रह गया है। हमें अब सोचना होगा साथ रहे या अलग–अलग हो जाएं हालांकि उस समय देविका रमन को यह महसूस जरूर कराती थी मानो संसार में अपने पति से सबसे ज्यादा प्रेम करने वाली पत्नी अगर कोई है तो वह है देविका। अगर वह रमन से अलग होती है तो वह मर जाएगी, वह रमन के साथ के बिना कुछ भी नहीं है रमन देविका पर विश्वास नहीं कर पा रहा था। उसे तीनों षडयंत्रों में देविका ही लग रही थी और उसे लगने लगा था देविका उसके परिवार को हानि पहुंचाने में कभी भी पीछे नहीं रहेगी बल्कि स्वयं के घर की जितना बुरा सोच सकती हैं कर सकती है करने में चूकेगी नहीं।

रमन सिंह ने अपने पापा जी के अलावा कुलभूषण के सर्विस हायर करने की बात अपनी मम्मी, भाई, उसकी पत्नी किसी को पता नहीं चलने दी। उसने सोचा समय आने पर वह अवश्य उन्हें बता देगा। रक्षक कुमार और सुरंका को देविका पर बिल्कुल शक नहीं था, फिर भी उसने देविका से ज्यादा नजदीक नहीं बनाई कहते हैं औरत अपने पति और दूसरों की भावना को जल्दी भाँप लेती है। रागिनी पता नहीं क्यों देविका को ज्यादा अच्छी नहीं लगने लगी थी। स्कन अभी भाभी पर कुछ ज्यादा ही विश्वास करता रहा था, जबकि उस पर जानलेवा अटैक करवाने वाली थी देविका। परंतु पता तो किसी को नहीं था उससे सतर्क भी नहीं था घर का कोई सदस्य।

देविका को उसके चाचा चाची ने पाला था, क्योंकि बचपन में ही उसके मम्मी पापा एयरक्राफ्ट क्रैश में मर गए थे। शादी भी चाचा चाची ने करवाई थी उन दोनों की मृत्यु भी एक्सीडेंट में हुई

थी। उनका कोई था नहीं, उनकी संपत्ति भी देविका को मिली थी। देविका की अपनी सर्विस लाइफ की कमाई भी उसके पास ही रहती थी क्योंकि घर में किसी ने उसे एक पैसा भी खर्च करने नहीं दिया था। कहने की बात है देविका के पास पैसों की कमी नहीं थी उसी वो षड्यंत्र पर खर्च करती आ रही थी।

रमन सिंह आश्वत थे कल कुलभूषण सफलतापूर्वक पता लगा लेगा उसके बाद वह क्या करेंगे, अगर देविका अपराधी पाई गई तो उसका क्या होगा। उसे पति–पत्नी रिश्ते पर इसका क्या प्रभाव पड़ेगा। वह यह सोचकर विचलित हो उठता था।

यह सब चल ही रहा था कि एक दिन देविका ने कहा हमें आज शाहरुख की फिल्म सर्व प्रेम देखनी है आप ऑफिस से जल्दी आ जाना। रमन में हां कहा और दोनों एक साथ शहर के सबसे अच्छे पीवीआर में मूवी देखने गए। मूवी में शाहरुख हीरो थे और हीरोइन थी बोनामी, सर्व प्रेम एक फैमिली मूवी थी जिसमें तरह–तरह के फैमिली षड्यंत्र होते हैं हीरो को पता चलता है षड्यंत्र कर्ता तो उसकी हीरोइन ही है जिसे वह बहुत प्यार करता है और विश्वास रखता है। मूवी में हीरोइन परिवार को तबाह करने का अवसर नहीं छोडती और परिवार को पता ही नहीं चलता कि षड्यंत्र कर्ता घर की बहू ही है। हीरो को हीरोइन पर शक तो होता है परंतु वह उससे प्यार इस कदर करता है कि उसे कुछ नजर नहीं आता हीरो अपने परिवार से भी प्यार उतना या उससे अधिक करता है जितना कि वह हीरोइन से करता है और फिर जब हीरो जान जाता है सारे के सारे षड्यंत्र जो परिवार को तबाह कर रहे हैं उसकी पत्नी ही कर रही है तब हीरो सहन नहीं कर पाता। अपने आपको पाता है ऐसे हालात में। क्या करें क्या ना करें हीरोइन का त्याग करें या क्षमा करें। परिवार सोचता है क्या करें क्षमा करें या हीरोइन का त्याग करें। हीरोइन को सजा होती है और वह 3 वर्ष के कारागार की सजा पाती है परिवार

और हीरो उसे जेल जाते देखते हैं परंतु डिसाइड करते हैं हीरो अपने परिवार के साथ है यह मानते हुए उसे सजा से वापस लौटने पर स्वीकार कर लेते हैं। तलाक नहीं होता। मूवी शानदार रही पब्लिक का ओपिनियन सर्व प्रेम मूवी सर्वश्रेष्ठ है पूरी मूवी में देविका और रमन सिंह बिना बोले शांत रहते हुए देखते रहे बाहर आकर उनमे कोई प्रतिक्रिया नहीं थी। आज डिनर नहीं करते घर चलते हैं देविका ने रमन सिंह से कहा जब कि मूवी के बाद अक्सर वह दोनों होटल में डिनर करके ही घर लौटते हैं आज स्थिति विपरीत है घर आकर भी देविका ने डिनर नहीं किया।

अगले दिन सुबह नाश्ते पर रवि रंजन सिंह, रोहिणी, रागिनी, रुकन, रमन सिंह देविका नाश्ता करते, बात

रोहिणी – देविका कल आपने सर्व प्रेम मूवी देखी कैसी है मूवी।

देविका – मुझे तो अच्छी नहीं लगी बड़ी सीरियस है परिवार की दशा दिखाई हे उसमें।

रमन सिंह – लाडली बहू ही षड्यंत्रकारी होती है।

रवि रंजन – मतलब।

देविका – डायरेक्टर अतिवादी हैं भला जीवन में ऐसा होता है।

रमन सिंह – होना नहीं चाहिए पर होता है परिवार में छोटे– बड़े षड्यंत्र कोई ना कोई मेंबर करता है खामियाजा तो परिवार को भुगतान होता है।

रवि रंजन – अरे रमन आप इतने सीरियस, सिर्फ मूवी की तो बात हो रही है।

रमन सिंह – पापा

देविका – कल्पनाओं में तो रमन, मुझे ही देख रहे होंगे षड्यंत्रकारी।

रोहिणी – तुम्हें हीरोइन तो देख सकता है उसकी पत्नी हो षड्यंत्रकारी नहीं। रमन हमारा बेटा ऐसा कर ही नहीं सकता।

रागिनी – मुवी की बात है देखो और भूल जाओ इसमे इतना सीरीयस भाभी न तो – नहीं तो होटल में खाया ना घर आकर खाना खाया ऐसी मूवी देखने से फायदा नहीं नुकसान किया है भाभी आप सीरियस क्यों हो।

रमन सिंह – मूवी में हीरोइन ने मास्टर षड्यंत्रकारी का रोल वाखूबी निभाया है जनता सांस रोक फिल्म देख रही थी।

रुकन सिंह – लगता है भैया ज्यादा ही अच्छी फिल्म है। रागिनी हम लोग आज शाम को देखें सर्वप्रेम।

देविका – मम्मी पापा को को भी दिखाओ।,

देविका सबका मन कुलसित तो हो जाएगा घर आकर मैं ही टारगेट रह जाऊंगी।

रोहिणी – ऐसा क्यों कह रही हो कारण।

रवि रंजन – यह हमारा सुखी परिवार है इसमें सब एक दूसरे का ख्याल रखते हैं किसी को टारगेट नहीं करते कोई भी तो नहीं।

रमन सिंह – पापा गलत तो कहीं भी हो सकता है मन साफ हो सब साफ–साफ अच्छा।

रोहिणी – अरे फिल्म की बात है छोड़ो अब कोई और बात करें अब आगे कोई नेगेटिव नहीं। नाश्ता समाप्त कर सब अपने–अपने कार्य के लिये चले गए।

देविका ने ड्राइवर से उसकी कार निकालने को कहा देविका ने रोहिणी से कहा मम्मी मैं कुछ काम से बाहर जा रही हूँ डिनर से पहले लौटूँगी।

रोहिणी ने कहा ओके। रमन सिंह की आज कुलभूषण से लंच पर मीटिंग फिक्स थी। रुकन और रागिनी हॉस्पिटल में मीटिंग में थे। रवि रंजन आज रियल स्टेट की एक बड़ी डील करने वाले थे। आज वह काफी आशावान थे, उन्हें पूरा विश्वास था डील तो उनकी ही होनी है पक्की।

सब अपने अपने कार्य क्षेत्र में अच्छा करने में लगे थे और देविका का शैतान दिमाग एक और अगले षड्यंत्र की प्लानिंग में लगा था। वह नहीं चाहती थी रवि रंजन सिंह रियल स्टेट की यह डील क्रेक कर सके इसीलिए वह सारी इनफार्मेशन उस व्यक्ति को पास कर रही थी, जो नहीं चाहता था रवि रंजन, रमन आज की यह शहर की सबसे बड़ी और नामी डील क्रैक कर सके। मीटिंग शाम 4 बजे थी। रमन को कुलभूषण से लंच पर मिलकर फिर अपने रियल स्टेट ऑफिस जाकर फिर अपने पापा के साथ इस डील पर काम करना था।

रमन नियत समय पर कुलभूषण चौहान से मिले जो आज थोड़ा ज्यादा उत्साहित लग रहे थे। रमन को कुलभूषण ने कहा रमन कल भाभी जी के साथ सर्वप्रेम देखने गए थे। जब रमन ने हां कहा तो कुलभूषण ने कहा, कहानी कैसी लगी।

रमन सिंह – अरे भाई कुलभूषण मै मूवी के बात करने में ज्यादा इंटरेस्टेड नहीं हूँ आज यहां से सीधे मुझे पापा के पास पहुंचना है हमें आज तक की रियल स्टेट की सबसे बड़ी डील करनी है।

कुलभूषण – मुझे पता है।

रमन – तुम कैसे जानते हो वह सब हमने तो डिस्कस नहीं किया अब तक।

कुलभूषण – अब डिस्कस कर लो यार अगर मेरी बात नहीं सुनी तो तुम यह डील नहीं कर पाओगे।

रमन – संभलते हुए, ऐसा क्या सुनाना है तुम्हें, बताओ बाकी बातें बाद में कर लेंगे।

कुलभूषण – तो सुनो, डील में, उस कंपनी का डायरेक्टर फाइनेंस भी आ रहा है वह रुकावट करेगा। उसके बातों में नहीं आना, कीमत बढ़ानी पड़े रुकना नहीं, डील आज हो गई तो हो गई वरना फिर नहीं कर पाओगे।

रमन – आपकी सलाह का कुछ भी कारगा रहा हो हम मानेंगे डील तो हमारी ही होगी।

कुलभूषण चौहान – गुड।

रमन सिंह – दूसरी वह बात जिसके लिए तुमने मुझे बुलाया था यहां।

कुलभूषण – हां उससे पहले यह बताओ तुम्हें जनाव सर्वप्रेम कैसी लगी बताना जरूरी है उसके बाद आगे की बात होगी।

रमन सिंह – मूवी अच्छी लगी यकीन नहीं होता हीरोइन पर।

कुलभूषण – यकीन होना भी नहीं चाहिए माय डियर तुम्हारी हीरोइन ही है तुम्हारी षड्यंत्रकारी।

रमन सिंह – हां हीरोइन है षड्यंत्रकारी मूवी में वह फिल्म की हीरोइन है मेरी कहां से हीरोइन हो गई।

कुलभूषण – रमन मुद्दे की बात कल करेंगे 3 बज गए हैं समय लगेगा और आज आपके पास समय नहीं रियल स्टेट की

डील फाइनल करो छोड़ना नहीं कल तुम्हारी हीरोइन की बात करेंगे।

रमन सिंह – ठीक है मैं चलता हूं तुम्हारी बात मान रहे है डील आज ही फाइनल करेंगे, कल पर नहीं छोड़ेंगे और हीरोइन की बात भी कल ही बताना, मैं चलता हूं

कुलभूषण चौहान – यह सबसे बड़ी डील होते ही बताना मैं मुबारकबाद दुँगा गुड लक।

रमन सिंह – थैंक्स कुल्लू

रमन सिंह – लंच खत्म करके कुलभूषण को थैंक्स कहकर अपने रियल स्टेट ऑफिस के लिए निकल गया। वहां पर उसके पापा रवि रंजन उनका इंतजार कर रहे थे। अतः रमन सिंह जल्दी ही अपने ऑफिस पहुंच गए उसके पापा रवि रंजन सिंह उसका इंतजार ही कर रहे थे। दोनों ने 10 मिनट बात की और इस बीच रमन सिंह को कुलभूषण ने टिप्स समझा दी। पापा ने कहा रमन होशियार हो गए हो कीप इट अप, आप अब चिंता ना करें डील हमें ही मिलने वाली है।

रमन सिंह, रवि रंजन सिंह होटल टीटान पहुंच गए जहां पर गजराज ग्रुप आफ कंपनी के अध्यक्ष अपनी टीम के साथ उनका इंतजार कर रहे थे।

अध्याय–17

सबसे बड़ी डील

रियल स्टेट की सबसे बड़ी डील जो रवि रंजन सिंह, रमन सिंह डोगरा प्राइवेट लिमिटेड से करने वाले हैं, उसका फाइनेंस डायरेक्टर डील में अड़चन डालने वाले हैं यह फीड बैक रमन सिंह को कुलभूषण से मिला। निश्चित समय पर सब होटल टीटान इंटरनेशनल में मीटिंग होनी फिक्स थी। मीटिंग शुरू हो रही थी।

जहां रवि रंजन, रमन सिंह और रवि रंजन सिंह के पी ए थे। वही डोगरा से उसके एम डी रवि डोगरा फाइनेंस डायरेक्टर गोपी सिंह और तीन चार अन्य अधिकारी थे। मीटिंग में औपचारिक परिचय के बाद जैसे ही रमन सिंह ने पहले से तैयार दस्तावेज रवि डोगरा की ओर बढ़ाए उनसे पहले ही उनके फाइनेंस डायरेक्टर ने बीच में ही ले लिये, रमन सिंह और रवि रंजन को उसका यह व्यवहार उचित नहीं लगा, फिर भी वह यह सोचकर चुप रहे रवि डोगरा अगर सही मान रहे हैं तो ठीक है। डायरेक्टर फाइनेंस मिस्टर कॉल का कंपनी में प्रभुत्व दिख रहा था, रवि रंजन सिंह ने रवि डोगरा से कहा।

रवि रंजन सिंह – मिस्टर डोगरा आपके कहे अनुसार ही सारे पेपर हम तैयार करके आए हैं सभी शर्तों का और पेमेंट शेड्यूल का इसमें समावेश किया गया है।

रवि डोगरा – हमारे फाइनेंस डायरेक्टर मिस्टर कॉल और हमारे लीगल हेड जौहरी अभी देखकर बता देंगे अगर सब कुछ ठीक है तो हम यह डील कल साइन कर लेंगे।

रमन सिंह – डोगरा साहब डील आज साइन होगी यह आपका ही सुझाव है जो हमने माना है।

गोपी सिंह कॉल –सब कुछ सही चल रहा है डोगरा फाइनेंस डायरेक्टर हम जरा डिटेल चेक कर ले, आज डील कल या परसों भी साइन की जा सकती है।

दीपक – सारे दस्तावेज आपके लीगल हेड राजू विक्की ने चैक कर लिए हैं। सब दोनों ओर से पहले ही चैक करके ओके पाए गए हैं।

रमन सिंह – हमने लीगल और आपकी फाइनेंस टीम से भी मिलकर ही तैयार किए हैं पेपर, आपने भी तो हमारे लोगों से पूरी जानकारी चैक की थी।

कॉल साहब – गोपी सिंह कॉल हां मैंने बात तो की थी, परंतु

रवि रंजन सिंह – इतनी बड़ी डील में किंतु परंतु नहीं चलता आप चैक करो और बताओ, डील तो हम आज ही साइन करना चाहेंगे।

रवि डोगरा – हां अगर सब पहले बातें हो चुकी हैं और दस्तावेज मिलकर बनाए गए हैं, लीगल भी चेक किए गए हैं तो डील आज ही कर सकते हैं।

रवि रंजन सिंह – डोगरा साहब, गोपी सिंह कॉल साहब यदि गहन चैक करना चाह रहे हैं तो इन्हें करने दीजिए, ज्यादा समय तो लगेगा नहीं करने दीजिए तसल्ली से चैकिंग हमारी ओर से दीपक सहयोग करेंगे। बस हम यह चाहते हैं आज का फिक्स है प्रोग्राम तो यह डील आज ही साइन करेंगे और पैसे ट्रांसफर आज ही करेंगे।

गोपी सिंह – इसमें 20 परसेंट आज ही एडवांस पे करने का प्रोविजन है।

रमन सिंह – हां तो हम 20 परसेंट आज ही पे करेंगे।

गोपी सिंह – हालांकि हमने पहले यह मान लिया था परंतु हमारे बाकी डायरेक्टर 50 परसेंट की डिमांड रख रहे हैं।

रमन सिंह – यह इतनी बड़ी डील हो रही है पहले से तय एडवांस देने को तैयार है दे, रहे हैं अब यह तो कंडीशन बदलना हुआ ना।

रवि डोगरा – मैं, रवि रंजन साहब माफ करना मैं यह बात आपको बता नहीं पाया, वैसे मुझे 20 परसेंट आज और 30 परसेंट अगले महीने की कंडीशन पर कोई एतराज नहीं।

गोपी सिंह – सर यह नहीं हो पाएगा। इस डील को क्लियर करने के लिए हमें फंड की आवश्यकता है जिसके अनुसार 50 परसेंट के कम में हो नहीं पाएगा हम करना भी चाहे तो कर नहीं पाएंगे।

रमन सिंह – गोपी सिंह जी यह क्या मजाक हो रहा है सारी कंडीशन फाइनल करके अब बदलना चाहते हैं।

गोपी सिंह – क्या करें स्थिति ही ऐसी आ रही सामने वास्तव में 20 परसेंट को 50 परसेंट और अगली 30 परसेंट को 50 परसेंट करना तो होगा, यानी पेमेंट दो चरणो मे होगा न कि पाच चरणो मैं इसका मतलब यह हुआ हमें पेमेंट टर्म तो चेंज करनी ही होगी।

रमन सिंह जी – वरना हमें सारे डील ही रिवाल्विंग मोड पर डालनी पड़ेगी।

दीपक – सर यह तो सेटल किए हुए डील से निकल जाने का प्रयास लग रहा है।

रमन सिंह – नहीं, डील तो करेंगे सारी चीज जो फाइनल हो चुकी है तो छोड़ने का क्या मतलब होता है।

रवि डोगरा – हम जबान दे चुके हैं डील न करने का तो सवाल ही नहीं है, अपितु हमें अफसोस होगा अगर यह डील कैंसिल होती हैं, हम भाग नहीं रहे बस गोपी सिंह पेमेंट शेड्यूल में बदलाव चाहते हैं।

रमन सिंह – सर यह आप भागने वाली ही स्थिति बना रहे है।

गोपी सिंह – नहीं हम पेमेंट शेड्यूल में बदलाव मांग रहे हैं।

दीपक – इस स्टेज पर जब डील साइन होने जा रही है।

गोपी सिंह कॉल – अरे भाई डील तो तभी साइन होगी ना जब एडवांस पे होगा। वह अब होगा 50 परसेंट।

रवि डोगरा, गोपी सिंह सोचो इस समय 20 परसेंट से एकदम 50 परसेंट मांग रहे हो, क्या इस समय हो पाएगा अभी–अभी।

गोपी सिंह आप 20 परसेंट पर एग्री नहीं कर सकते रवि डोगरा साहब डील होनी है तो 50 परसेंट पर ही होगी, वरना फिर से सोच कर प्लान करना होगा।

रमन सिंह – यह ही था आपका चैक करने का बहाना। पहले ही बता देते हम आपसे मीटिंग ही ना करते।

दीपक – सर गोपी सिंह और रवि डोगरा की और देखते हुए 20 परसेंट से 50 परसेंट बडा जम्प ले रहे हैं आप।

गोपी सिंह हमारी मजबूरी ना होती तो हम सोचते भी, करते भी, पर क्या करें 50 परसेंट बिना बात नहीं बन पा रही है।

रवि रंजन सिंह – रवि डोगरा साहब इसके अलावा और कौन–कौन सी कंडीशन बदलनी पड़ेगी या गोपी सिंह जी बदलना चाहते हैं।

रवि डोगरा – गोपी सिंह बताओ, तुम्हें भी तो डील साइन करानी है।

रमन सिंह – यह हो क्या रहा है।

दीपक – उनके आसार बदले बदले लग रहे हैं।

रवि रंजन – दोनों रमन और दीपक से आप अब कुछ ना बोले, गोपी सिंह कॉल इस डील में खास है, वह बताएंगे क्या 50 परसेंट पेमेंट के अलावा कुछ और बदलना चाहते हैं।

रवि डोगरा – गोपी सिंह कॉल जी आप बताएं।

रवि रंजन सिंह –गोपी सिंह कॉल जी आप कहें।

दीपक – गोपीचंद की और देखा बोला कुछ नहीं।

रमन सिंह – चुपचाप बस एक बार गोपी सिंह जी की ओर देखा जरूर।

गोपी सिंह कॉल – 50 परसेंट अब और 50 परसेंट फाइनल यानी डील साइन 50 परसेंट पर और 50 परसेंट हैंडिंग ओवर पर।

रवि रंजन सिंह – रवि डोगरा से तथा गोपी सिंह कॉल से कहने लगे तो इसका मतलब है बस एक पेमेंट का चेजं है पेमेंट की शैडूल का।

गोपी सिंह जी बोले, यह एक पेज जिसमे पेमेंट कंडीशन है करेकसन कंडीशन हाथ से ही कर दें। हम उसे साइन भी करेंगे। हम 50 परसेंट के लिए सहमत हैं, डील तो आज ही साइन करनी होगी।

गोपी सिंह – मतलब आज 50 परसेंट का एडवांस पेमेंट अभी कर रहे हैं।

रमन सिंह – यही तो आप मांग कर रहे थे।

दीपक – आज ही पेमेंट चाहते हैं।

रवि डोगरा – अगर 50 परसेंट पर होता है तो उसके बाद तो गोपी सिंह कोई समस्या नहीं है।

गोपी सिंह – हाँ सर। उसे लग रहा था शायद वह आज ही पेमेंट नहीं कर पाएंगे उसे ऐसे ही फीडबैक था कहीं से।

रवि रंजन सिंह – गोपीचंद जी आज डील साइन करे, पेमेंट अभी देंगे और उन्होंने डील का 50 परसेंट यानी 218 करोड़ का पेमेंट डोगरा ग्रुप को कर दिया। बिना किसी परेशानी के डील तो आज ही साइन होगी, रवि रंजन सिंह ने रमन के द्वारा पेमेंट करा दिया। उन्होंने अर्जुन बनकर अपने रमन अभिमन्यु से चक्रव्यूह फतेह करा दिया। 436 करोड़ की डील का 50 परसेंट 218 करोड़ पे कर दिया।

सब एक दूसरे को मुबारकबाद करते अपने–अपने ऑफिस चले गए डील हो गई साइन, रवि रंजन सिंह ने जब रमन सिंह से कहा बेटा हमारे अभिमन्यु ने चक्रव्यूह जीत लिया है तो रमन सिंह कह उठे हां पापा।

जब रमन सिंह ने कुलभूषण को फोन पर डील साइन करने की बात बताई तो कुलभूषण ने उसे बधाई दी और कहां अपने षड्यंत्र भेद लिया है आपने अपनी सर्वप्रेम की हीरोइन को हरा दिया।

अध्याय–18

अगले दिन

रमन सिंह अगले दिन पहले अपने पापा रवि रंजन सिंह से उनके चेंबर में मिला और यह बड़ी डील हो गई इस पर बात की, उसने अपने पापा से कहा, कुलभूषण का फीडबैक फायदेमंद रहा है कुलभूषण बार–बार मुझे यह कह रहा है कि मैं सर्वप्रेम मूवी की हीरोइन, अपनी हीरोइन को हरा दिया है। इसका अभिप्राय क्या है आज बात करनी पड़ेगी उससे आज हमारी मीटिंग है आप उससे मिलना चाहोगे पापा, रवि रंजन सिंह ने रमन से कहा अभी नहीं अभी आप जाओ, हम उसे मिलेंगे घर पर उचित, समय और अवसर पर, कुछ बातें और हुई। जब रुकन पापा से मिलने उनके चैंबर में आया, रमन सिंह भी वहीं पर था।

रुकन – रमन सिंह की ओर देखकर अच्छा है आप अभी यही है मुझे पापा से और आपसे भी कुछ बात करनी है।

रवि रंजन सिंह – रमन को कहीं जाना है अभी मुझे बताओ।

रमन सिंह – मैं थोड़ी देर में चला जाऊंगा, रुकन की बातें सुन लेते हैं आज यह कह रहा है वह जरूर कोई खास बात ही होगी।

रवि रंजन सिंह – ठीक है बैठो और बताओ।

रुकन सिंह – बात वाकई सीरियस होती लग रही है अगर सच हो गई तो हमारा परिवार दुखी होना निश्चित है।

रवि रंजन – सेक्रेटरी से कहो जब तक हम तीनों यहां बात कर रहे हैं किसी को अंदर ना आने दे।

रमन सिंह – अच्छा उसने सेक्रेटरी से कहा हम लोग कुछ बातें कर रहे हैं किसी को अंदर ना भेजा जाए।

रुकन सिंह – पापा, भैया, बात बड़ी अनोखी है विश्वास नहीं होगा आप दोनों को।

रमन सिंह – तुम्हारी बात पर हम हमेशा विश्वास करते हैं।

रुकन सिंह – मुझे आज ऐसा लगा जो रघु कुमार ने हमारे नमन और अलंकार को किडनैपिंग किया था, आज जब मैं अस्पताल जा रहा था, उसे मैं ज्वेलरी मार्केट के पास देविका भाभी से बात करते देखा है मैं जब वहां गया तो मुझे शायद उसने देख लिया और वहां से भाग गया, आंखों से ओझल हो गया।

रमन सिंह – तुमने देविका को उससे बातें करते देखा कहीं तुम्हें भ्रम तो नहीं हुआ।

रुकन सिंह – नहीं पापा, नहीं भैया, वह रघु कुमार ही था और वह हमारी देविका भाभी से ही बात कर रहा था, मैंने उसे पकड़ना चाहा तो वह तब तक वहां से गायब हो गया और भाभी भी चली गई। मैंने भाभी को फॉलो करना उचित नहीं समझा खैर मेरा यह भ्रम नहीं है मैं रघु को पहचानता हूं अच्छी तरह आज वह भाभी से क्या बात करने आए यह चिंता का विषय हो सकता है।

रमन सिंह – तुमने बहुत सही किया है। देविका से मैं पूछूंगा।

रुकन सिंह – हो सकता है मैं गलत सोच रहा हूं पापा, कहीं भाभी ही तो नहीं है इस कांड के पीछे। वह नमन और अलंकार को ज्यादा पसंद नहीं करती है और जिज्ञासा दीदी से खफा ही रहती थी उन दिनों। रवि रंजन सिंह ने कहा नहीं

असंभव है यह देविका हमारे घर की बहू है वह ऐसा नहीं कर सकती, नहीं करेगी।

रुकन सिंह – इसलिए मैं सीधा आपके पास आकर ही यह बताया है जो मैंने देखा है काश यह गलत निकले, भाभी इंवॉल्व ना हो।

रवि रंजन सिंह – बेटा, यह नहीं होना चाहिए कहीं तुमने भी सर्वप्रेम मूवी तो नहीं देखी और उसका प्रभाव आपके मन पर पड़ा हो।

रुकन सिंह – नहीं पापा, यह तो हमने किसी ने नहीं देखी बस देविका भाभी और रमन भैया ने देखी है, मैं परिपक्व इंसान हूँ पापा परिवार की अहमियत समझता हूं।

रमन सिंह – पापा जब रुकन ने उस अपराधी को बात करते हुए देखा है उससे, देविका की यह बात तो अब आम बात नहीं है आजकल परिवारों में भी षड्यंत्र चलते हैं पता नहीं क्या है कारण, देविका को नहीं मिलना चाहिए था रघु कुमार से उसे क्या काम हो सकता है।

रवि रंजन – अभी कुछ नहीं करें सोचते हैं, पता करते हैं, तब देखा क्या करना है, कहीं रघु कुमार जमानत लेकर बाहर तो नहीं आ गया है, और इचेफाक से देविका से टकराया हो और बात कर रही हो देविका।

रुकन – पापा मैं अस्पताल जा रहा हूं पहले से ही लेट हो गया हूं भैया शाम को मिलेंगे, फिर सोचेंगे।

रमन सिंह – ठीक है पापा, मैं भी जा रहा हूं कुलभूषण से मीटिंग होनी है, अभी लेट नहीं हुआ, हाँ पहुंचने में जो समय लगेगा, सो लगेगा।

रवि रंजन – ठीक है इस विषय पर अभी ना बात, ना कुछ प्रतिक्रिया सोचते हैं क्या करना होगा, रुकन अस्पताल और रमन होटल जहां कुलभूषण से उसकी मीटिंग थी चला गया। रवि रंजन अकेले सोचने लगे अगर कहीं देविका का किसी भी रूप में कुछ भी पाया गया तो यह क्या होगा उससे स्थिति में हम क्या करेंगे, ठीक है देखते हैं। रवि रंजन का मन अब और नहीं लगा तो ऑफिस से निकलकर अपने पुराने मित्र रामकुमार जोशी के पास चले गए। रमन सिंह को तो पहले से ही संकेत था देविका के व्यवहार से और आज रुकन की बात से तो और शंका करने लगा। कहीं देविका का इंवॉल्वमेंट पाया गया तो वह करेगा क्या। देविका सुनते ही घर को सर पर उठा लेगी, यह सोचते – सोचते रमन सिंह कुलभूषण के होटल पहुंच गया वहां पर वह इंतजार कर रहे थे। रमन सिंह कुलभूषण ने रमन को कल की डील होने की सफलता पर शुभकामना किया और एक बार बैठते हुए बोला पर कुलभूषण तुमने मेरा दिमाग खराब कर दिया मैं सोच नहीं पा रहा हूं मेरी हीरोइन से मैं जीत गया यह तुमने क्या और किस सदंर्भ में कहा है, कुछ रोशनी डालोगे सदंर्भ बैठो यह भी बताता हूं पहले आपकी रिपोर्ट अब तक की समझा दूं आखिर अच्छी प्रोग्रेस की है मैं ने और मेरी टीम ने।

रमन सिंह उसी के लिए तो यहां तुम्हारे बुलाने पर तुरंत आया है भाई कुलभूषण।

अध्याय-19

आमने-सामने

रमन सिंह कुलभूषण दोनों आमने–सामने बैठे और बातों का सिलसिला शुरू हुआ। कुलभूषण अब पूछो हीरोइन पर क्या जानना चाहते हैं। रमन सिंह आप कह रहे थे मैं मेरी हीरोइन से जीत गया इसका क्या मतलब है अरे भाई कल जो डील अपने कर ली है, वह तुम्हारी जीत है देविका सिंह पर, हुई ना आपकी आप की हीरोइन पर जीत वास्तव में आपकी डील हो जाए और आप रतनगढ़ के रियल स्टेट मार्केट के हीरो बने यही तो नहीं चाहती थी देविका सिंह। अतः उसने डोगरा प्राइवेट लिमिटेड के डायरेक्टर फाइनेंस को इस मिशन पर लगाया, उसका यह मोहरा गोपी सिंह कॉल सफल नहीं होने दिया आपने। अतः देविका का यह षड्यंत्र फेल हो गया है अभी भी वह प्रयास कर सकती है।

रमन सिंह सावधानी अभी भी जरूरी है कोर्ट में केबीएट फाइल करा दो और डील पर पूरा ध्यान केंद्रित रखो। वास्तव में डोगरा साहब जेंटलमैन है अतः गोपी सिंह कुछ ज्यादा नहीं कर पाए,

कुलभूषण ने आगे कहा रमन सिंह यह तो डील बच ही गई, अब हमें आपके परिवार में होने वाले षडयंत्रों पर बात कर लें।

रमन सिंह – कुलभूषण लगता है कुछ प्रोग्रेस तो किए हैं

कुलभूषण – हां बहुत कुछ हो गया है, हमारे मिलने से नीरज गुप्ता एस एच ओ काफी आगे बढे है

रमन सिंह – एस एच ओ नीरज गुप्ता काफी अगि वढे हैं।

कुलभूषण – हां वह पुराने मित्र भी हैं और उनके ही पुलिस स्टेशन में केस दर्ज हुए था।

रमन सिंह – और क्या प्रोग्रेस हुई है।

कुलभूषण बताता हूं धैर्य से सुनो मैं जो बताने जा रहा हूँ वह सुनकर दुखी हो जाओगे, माफ करना बात ही कुछ ऐसी है।

रमन सिंह आप पहेलियां ना बुझा कर यार जल्दी से बताओ तुम्हारी बातों से लग रहा है केस में काफी कुछ पता लगा लिए हैं।

कुलभूषण चौहान – हां यही समझो और सुनो बच्चों की किडनैपिंग, डॉ रोहित के यहां रेड, डॉक्टर रुकन का एक्सीडेंट, रियल एस्टेट डील न होने देने का प्रयास, तुम्हारी जासूसी करना और सारी गतिविधियों की जानकारी लेते रहना, तुम्हारे परिवार में तबाही करने की प्लानिंग करते रहना, इन सब मैटर में जानकारी यही है कि सारे के सारे षड्यंत्र और षड्यंत्र प्लानिंग सबका केंद्र बिंदु है तुम्हारी पत्नी देविका सिंह।

रमन सिंह – कुलभूषण यह आप किस आधार पर कह रहे हो और बता रहे हो।

कुलभूषण – मैं जानता था, आप यही पूछने वाले हैं हमने पुख्ता जानकारी के आधार पर यह निष्कर्ष निकाला है इन सारी घटनाओं की डायरेक्टर हैं, प्लानर है, देविका सिंह भाभी जी। यह बात आपके लिए आसान नहीं होगा सीधा मान लेना आपके लिए यह इतनी जल्दी स्वीकार नहीं हो सकता।

रमन सिंह – कुलभूषण सबूत हाथ में है।

कुलभूषण – हां काफी सबूत मिले हैं और कुछ मिलने वाले हैं जांच पुलिस भी कर रही है, हम भी कर रहे हैं, बस मेरी सलाह है आप सभी नादान रहे और देविका भाभी यह जान ना पाए

आपको कुछ पता चला है या आप सब कुछ जान गए हैं। रमन मैं दुखी इस बात से हूं आपके परिवार में सर्वप्रेम मूवी चल रही है और आप सब लोग अनभिज्ञ हैं।

रमन सिंह – क्या आप यह पता लगा पाए, देविका यह सब कर क्यों रही है, मैं हैरान हूं यह जानकर।

कुलभूषण – नॉर्मली औरतें जलन, ईर्ष्या, अपने आप को सुषिरयट बनाने की वजह के ऐसी हरकत कर जाती हैं, परंतु मेरे भाई हमारी भाभी ने तो यह प्रयास ही नहीं, अपितु गहन सोच – समझ कर प्लान करके किया है वह लगता है सारे ही परिवार से नफरत करती है तुम भी इससे अछूत नहीं रह पाए हो भाई रमन समस्या गंभीर है।

रमन सिंह – लग तो वही रहा है, आभास होने लगा है देविका हमारे और हमारे परिवार के लिए मुश्किल पैदा कर रही हैं। हम सब से वह नफरत करती प्रतीत होती है। यदि ऐसा है जैसा आप बता रहे हैं।

कुलभूषण चौहान – हां समस्या इससे भी गंभीर है। जैसा हम समझ रहे हैं आप पर वह नजर रख रही है नजर रखवा भी रही है आप जरा संभल कर चले और आप पर भी हमला करा सकती हैं आपकी मम्मी और पापा अभी उसके रडार पर नहीं, पता नहीं, कब सोचने लगे उन्हें भी दायरे में ले ले और हां रागिनी को भी आप अपने तरीके से सतर्क कर दें, अगला टारगेट वह भी हो सकती है।

रमन सिंह –सतर्कता सब जगह सबके लिए रखनी होगी। अभी आपको और कितना समय लगने वाला है यह फाइनल कर पाने में, अब तो मैं चिंतित भी हूं और भयभीत होने लगा हूं। अगर सारी बातें जो आप कह रहे हैं सबूत के साथ सच हो जाती है तो

हम यह मान सकते हैं देविका सर्वप्रेम की हीरोइन को भी पीछे छोड़ सकती है। इससे कैसे बचा जाए आप समीक्षा करो।

कुल भूषण चौहान – अब पता चल गया है तो बचने का रास्ता भी मिल जाएगा। चिंतित होने से नहीं दृढ़ता से फेस करने से बात बनेगी।

रमन सिंह – अच्छा कुलभूषण आप जल्दी से जल्दी पता करें पापा जी को यह सारी व्यथा बतानी होगी। वह आपसे मिलना भी चाहते हैं क्यों ना कल रविवार भी है घर पर लंच या डिनर जो तुम्हें सूट करता है आ जाओ वहां सब बातें हो जायेंगी।

कुलभूषण चौहान नहीं, अभी आपके घर हम कोई मीटिंग करना नहीं चाहेंगे घर में देविका होगी, अभी वह ज्यादा सतर्क हो सकती हैं हम पापा जी से मेरे होटल रूम में ही मिलते हैं, वहीं डिनर हो जाएगा।

रमन सिंह – मैं पापा जी से कंफर्म करके फिक्स करता हूं।

कुलभूषण चौहान – ठीक है कल शाम तक और इनफॉरमेशन मिल जाने की आशा है आपके पापा जी को सब कुछ जान लेना जरूरी है।

रमन सिंह – मैं सहमत हूं, आपसे कल शाम आपके होटल रूम में मीटिंग में आप मैं और पापा जी होगें।

कुलभूषण चौहान – ठीक है कंफर्म कर देना एक बार, जो बहुत जरूरी है, मैं कहना भूल गया हमारी जितनी जानकारी है उसके अनुसार डॉक्टर रुकन के ससुराल वाले भी देविका की प्लानिंग में है, पता नहीं कब, क्या, कैसे, उन्हें सतर्क कैसे करोगे, यह आपको ही डिसाइड करना होगा।

रमन सिंह – इसको भी कल ही डिस्कस करते हैं पापा जी हमारे कुछ उपाय सुझा सकते हैं वह आप पर भी काफी विश्वास करते हैं।

कुलभूषण – ठीक है भाई कल मिल रहे हैं पापा जी आएंगे तो बहुत अच्छा होगा, वरना मैं तो आ ही रहा हूं।

कुलभूषण और रमन ओके कह कर अपने–अपने रास्ते चले गए अब वह कल मिलने वाले थे। कुलभूषण जहां एक और सारे षड्यंत्र के केसों की जानकारी और जांच की स्पीड से प्रसन्न थे, वहीं उन्हें यह बताने के बाद की सब में देविका का एनवालमेंट ही नहीं, वह सब की सूत्रधार है उसे अच्छा नहीं लगा अपने मित्र रमन सिंह को परेशान देखकर वो परेशान हो उठा। परन्तु करते भी क्या यही सच्चाई थी और देविका अपराध पर अपराध कर षड्यंत्र किये जा रही थी, मानों उसने सिंह परिवार में शादी ही ऐसे घोर षड्यंत्र के लिए की थी। कुलभूषण सोचने लगा रमन सिंह की पत्नी उसके अपनों के विरुद्ध ऐसे षड्यंत्र किये जा रही थी। बिना सोचे, बिना रुके, जो की जानलेवा और हानि भरे थे

रमन सिंह, रवि रंजन, रोहिणी, देविका चारों सुबह नाश्ता कर रहे थे। रुकन और रागिनी दोनों अपने अस्पताल जा चुके थे।

रमन सिंह – पापा जी देविका ने जबसे अपनी सर्विस छोड़ी है, खाली रहती है देखो ना, खाली दिमाग शैतान का घर होता है, अच्छा होता यह कोई नहीं जॉब कर लेती या फिर अपनी कंपनी में ज्वाइन कर ले।

रवि रंजन सिंह – मैं तो उस समय जब इसने अपनी नौकरी से इस्तीफा दिया था, कहा था अपनी रियल स्टेट कंपनी में ज्वाइन करें उस समय देविका ने साफ मना कर दिया था। अब अगर देविका चाहे तो उसे हम जो डील फाइनल की है उस प्रोजेक्ट का हेड बना सकते हैं कंडीशन यह ही है अगर देविका

मन से चाहे और पूरी लगन से प्रोजेक्ट में इंवॉल्वमेंट हो जाए, देखे देविका क्या कहती है।

देविका सिंह – मैं सोच कर बताती हूं।

रोहिणी सिंह – इसमें सोचने की बात ही क्या है देविका तुम वेल क्वालिफाइड हो तो, सीनियर मैनेजर पोस्ट का तजुर्बा है, संभाल सकती हो। रमन और तुम्हारे पापा जी हैं ही सपोर्ट करने के लिए। क्यों रमन मैं सही ही कह रही हूं ना।

रवि रंजन सिंह – यह तो देविका को तय करना है।

देविका – मैं सोच कर बताऊंगी पापा जी।

रवि रंजन सिंह – ठीक है तुम अपना समय लो और सोच समझ कर डिसाइड करो तब बता देना।

रमन सिंह – मुझे नहीं लगता देविका इसमें इंटरेस्टेड है खैर इसे सोचने दो। वैसे देविका आजकल तुम किस मिशन में बिजी हो दिन भर आउटिंग पर रहती हो जब से तुम्हें फुल टाइम ड्राइवर दे दिया है पापा जी ने, तुम घर में टिकती ही कहां हो।

रोहिणी सिंह – समझदार है हमारी बहू। अब किसी अच्छे मिशन पर बिजी हो गई।

देविका सिंह – यह बातें उसे अच्छी नहीं लगी। पर मन में दबाव था। पापा जी मैं रतनगढ़ में रियल स्टेट मार्केट की रिसर्च कर रही हूं बहुत लोगों से मिलना होता है, डाटा इकट्ठा करने में लगी हूं, आपको कोई एतराज रमन।

रमन – मुझे क्या एतराज हो सकता है, मुझे ऐतराज नहीं है कुछ तो कर रही हो यही सही।

देविका – समय नष्ट नहीं कर रही हूं रिसर्च कर रही हूं।

रवि रंजन सिंह – गुड। मैं चलता हूं आज मुझे जिज्ञासा को मिलकर आना है।

रोहिणी सिंह – एकदम डिसाइड किया है पहले बता देते तो मैं आपके साथ आ सकती थी ऐसा क्या काम अचानक आ पड़ा।

रवि रंजन सिंह – तुम अगली बार चलना मुझे जिज्ञासा से कुछ प्रॉपर्टी के डॉक्यूमेंट साइन कराने हैं उसे तो समय है नहीं मैं ही कर आता हूं।

रमन सिंह – पापा आज शाम मुझे आपसे कुछ बातें करनी है। वह मेरा मित्र कुलभूषण भी आपसे मिलना चाहता है, कुछ बिजनेस की बातें कर रहा था, आप शाम तक तो आ ही जाओगे।

रवि रंजन सिंह – मैं 8 बजे वापिस आकर मिलता हूं। अभी मैं चलता हूँ और वहां से चले गए।

देविका सिंह – ऐसी कौन सी और क्या जरूरी बात है पापा को अभी जाना पड़ गया और तुम्हारी ऐसी क्या आवश्यक मीटिंग है अपने पापा जी को जल्दी आने की रिक्वेस्ट की है।

रमन सिंह – कुछ बोले नहीं, बस ऑफिस के लिए निकल गए ।

रोहिणी सिंह – देविका आओ आज तुम्हें मैं अपने साथ साउथ का चक्कर लगाकर आते हैं, वही रिवर रेस्टोरेंट में लंच कर लेंगे बोलो चल पाओगी क्या।

देविका सिंह – मम्मी धन्यवाद, आज मुझे कुछ रिसर्च ज्यादा करनी है कई लोगों से बात करनी है, आप अगले सप्ताह का प्रोग्राम बनाओ मैं आपके साथ जरुर चलूंगी और पार्टी मैं आपको दूंगी।

रोहिणी सिंह – ओके देविका कहकर अपने अपने प्रोग्राम पर निकल गई अब घर में केवल देविका और घर के नौकर और नौकरानी की रह गए थे। पहले तो देविका ने सोचा वह अभी निकल जाए और मिस्टर के के विक्की से अपने प्लान पर बात करें, फिर कुछ सोच कर उसने अभी कुछ देर घर में ही रहकर फोन से गोपी सिंह कॉल, रघु कुमार और ठक्कर से बात की। रघु कुमार ने हीं तो उसके अनेकों कार्य किए थे और कभी भी पकड़ा नहीं गया था।

किडनैप केस में वह पकड़े गए और उन्हें रघु कुमार और ठक्कर दोनों को 6 महीने की सजा हो गई थी, पर उसने अपना मुंह नहीं खोला था और अब वह उसकी ज्यादा कीमत मांग रहा था। वह जेल से रिहा हो गए थे। ठक्कर तो सीधा–साधा लग रहा था पर इस बार रघु कुमार के साथ मिलकर उसे प्रेशराइज कर रहे थे। गोपी सिंह डील कैंसिल नहीं कर पाए और अब कह रहे हैं कि वह प्रयासरत है पर वह भी जो पैसे ले चुके थे वह वापस नहीं करना चाहते थे।

देविका भी पैसे वापस नहीं बदले में कुछ ऐसी डील करना चाहती थी उसे ताकि सिंह साहब की द रियल स्टेट कंपनी को जबरदस्त झटका दिया जा सके। देविका कुछ देर घर में रहकर इन बातों पर आगे का सोचना एवं उन लोगों से बात करना प्लान कर घर में ही अपने बेडरूम में चली गई।

अध्याय-20

देविका का एक और षडयंत्र

रवि रंजन सिंह जी ने जिज्ञासा के पास जाकर प्रॉपर्टी के पेपर साइन कराने का प्रोग्राम टाल दिया। रमन सिंह से कहकर उन्होंने आज की ही शाम को कुलभूषण से मिलने का प्रोग्राम बनाया होटल में ही लंच के समय का प्रोग्राम फिक्स कर लिया।

देविका घर में जब अकेली ही थी उसने अपने कॉन्टेक्ट्स गोपी सिंह कॉल, रघु कुमार ठक्कर, अपने आप को अपडेट किया और उन्हें जो भी इंस्ट्रक्शन देनी थी, दे दी रमन सिंह के यहां जो ड्राइवर रखा गया था, केवल सिंह नाम से जाना जाता था। वह भी देविका की ही ड्यूटी कर रहा था। अतः घर में ही था केवल सिंह एक प्रशिक्षित जासूस था और कुलभूषण का खास आदमी था। आज घर में रहते उसने घर के नौकर और नौकरानियों से काफी राज की बातें जान ली थी जिसके केंद्र बिंदु रही देविका। देविका को रमन सिंह से लव मैरिज कम अरेंज मैरिज 5 साल पहले हुई थी। वह घर में लगभग सभी मेंबर से द्वेष रख रही थी। पिछले 3 साल से वह कुछ ज्यादा ही उग्र हो गई थी। यह वही समय था जब भी रवि रंजन सिंह ने अपनी बेटी जिज्ञासा को 10 करोड़ का एक फ्लैट गिफ्ट किया था। देविका षड्यंत्र पर षड्यंत्र रचती रही थी जिनमें से कुछ तो वैसे ही स्थिति परिस्थिति के अनुसार वैसे ही फुस हो गए थे, परंतु कुछ से तो सिंह परिवार शंकित ही नहीं बल्कि बाली परिवार में भी गहरा असर पड़ा था। रमन सिंह शंकित तो था परंतु उन्हें कभी कोई सबूत नहीं मिला और हर बार हाथ मलते रह जाते थे। आज भी देविका घर की नई नौकरानी से मिलकर प्लान कर चुकी थी। जिसका असर घर

की छोटी बहू डॉक्टर रागिनी पर पडने वाला था। जैसे ही आज वह ड्यूटी से घर आती, उसे षड्यंत्र का भुगतान करना पड़ सकता था। देविका आज बाहर भी जाने वाली थी कुछ समय के लिए, जिससे जब कुछ घटना डॉक्टर रागिनी के साथ घटित हो तो वह उस समय घर पर ना हो। उधर निश्चित समय पर कुलभूषण से होटल में जाकर रमन सिंह और रवि रंजन सिंह मिले। बातों – बातों में कुलभूषण ने साफ बता दिया कि वह स्वयं चकित है परंतु सच्चाई यही है कि सिंह परिवार और बाली परिवार में घटित होती घटनाएं देविका सिंह के षड्यंत्र का ही परिणाम है और हां देविका का यह षडयंत्रों का सिलसिला रुकता नजर नहीं आ रहा। अब हम यहां बैठे विचार कर रहे हैं और वह वहां घर के किसी मेंबर के लिए कोई नया षड्यंत्र रचने में लगी हो। देविका भाभी आप लोगों के और घर के लिए खतरनाक होती जा रही है पैसों की उसे कोई कमी नहीं लगती प्लानिंग में वह माहिर हो चुकी है।

रमन सिंह – कुलभूषण इससे निकल पाने का रास्ता।

रवि रंजन सिंह – यकीन नहीं होता, देविका बहू ऐसे षड्यंत्र कर सकती है उसे इससे फायदा क्या होने वाला है और क्या हुआ है।

रमन सिंह – पापा ऐसा लगता है वह हमारी सबकी दुश्मन बन चुकी है, बताओ उसनें रुकन पर जानलेवा हमला करा दिया।

कुलभूषण – मैं यही तो बताना चाहता हूं वह अपने मन का करवाने के लिए किसी भी हद तक जा सकती है ऐसे इंसान में शैतान की आत्मा बसती है।

रवि रंजन – देविका सारी हदें पार कर चुकी है। हमारे दोनों परिवारों का सर्वनाश करना चाहती है ऐसा एहसास हो रहा है।

रमन सिंह – कुलभूषण बताओ हम ऐसा क्या करें जो इस खतरे से हम अपने परिवार को बचा सके, वह तो किसी को नहीं छोड़ रही हैं ना छोड़ने वाली है हमारे घर में ही शैतान है।

रवि रंजन सिंह – जब यह सब बाहर आएगा, तो पता है हमारी स्थिति क्या होने वाली है ना घर के ना घाट के, कैसे सामना करेंगे।

कुलभूषण – पापा जी अगर आजकल के षड्यंत्र के प्रमुख की बात करें, सजा होगी देविका को मिलाकर दो से तीन वर्ष के लिए जेल जाएगी।

रमन सिंह – क्या होगा हमारा, हमारे परिवार की इज्जत मिट्टी में मिलाकर छोड़ेगी घर की बहू।

तभी कुलभूषण को केवल सिंह परिवार के नए ड्राइवर जिसे कुलभूषण ने रखवाया आ जो उसका ही सहायक था फोन पर कुछ हड़बड़ी दशा में बोल रहा था, सर यहां घर में देविका वैसे ही नहीं रुकी थी उनका इरादा अच्छा नहीं था। उसने घर की नई नौकरानी विभु के साथ आज का षड्यंत्र रच डाला है और अब घर से निकलने वाली है ताकि रिमोट कंट्रोल से विभु से वो आज घर की छोटी बहू डॉक्टर रागिनी को गहरा और खतरनाक तरह से हानि कर सके वह भी सिंह परिवार के घर में। प्लानिंग हो चुकी है डॉक्टर रोहिणी घर आएगी 5 बजे तक और वह आज अकेली ही होगी, घर आते ही कांड हो सकता है क्या और कैसे करेगी यह मुझे अभी तक पता नहीं चला और अब देविका मुझे साथ लेकर घर के बाहर जाने वाली है आप उचित कार्यवाही प्लान करें, इस षड्यंत्र को कैसे आप असफल करेंगे या कर पाएंगे जल्दी से करें। कुलभूषण केवल सिंह का वार्तालाप वो सभी सुन रहे थे क्योंकि जैसे ही केवल सिंह ने रिपोर्ट देनी शुरू की थी कुलभूषण ने फोन का स्पीकर ऑन कर दिया था ताकि रमन सिंह और रवि रंजन सिंह भी अच्छी तरीके से पूरा विवरण सुन सके

कुलभूषण ने पहले ही उन्हें इशारा कर दिया था ध्यान से सुने प्रतिक्रिया न दें। रमन सिंह और रवि रंजन सिंह दोनों हक्का–बक्का थे मानो उनके पैरों तले की जमीन खिसक रही हो। कुलभूषण ने कहा तुम देविका के साथ जाओ जो भी हो, उस पर कड़ी नजर रखो। एक्स्ट्रा एक्टिवेट रहो मैं सब संभालता हूं । हां ध्यान रखना वह आप पर शक ना करें, ओके केवल सिंह ने जवाब में ओके सर कहा और फोन काट दिया। केवल सिंह ने बताया था आज डॉक्टर रागिनी आज 5 बजे शाम को आने वाली है वह भी अकेली आज उनके साथ डॉक्टर रुकन नहीं होने वाले हैं और जैसे ही डॉक्टर रागिनी घर पहुंचेगी, उसके अपने बेडरूम में जाने से पहले ही विभु अपना काम कर जाएगी। क्या, कैसे करेगी पता नहीं वो विभु गोरी जो एक नई नौकरानी थी जो वास्तव में कुलभूषण ने बिना कुछ बताएं किसी को भी रमन, सिंह को भी नहीं सिंह परिवार के घर में लगवा दिया था और वह मिशन पर थी देविका का विश्वास जीत कर उसके साथ हो जाने का प्रयास किया देविका ने उसे चुना भी और विभु गौरी ने उसे चुनवाया भी। अब वह देविका की खास थी। आज की प्लानिंग देविका ने थी। उसका पता कुलभूषण को विभु गोरी ने दे दिया था, केवल सिंह को भी पता नहीं था। वो गोरी विभु उनकी कंपनी से ही है खैर जैसे ही देविका घर से निकली तुरंत उसने कुलभूषण को बताया अभी तक वहां पर रमन सिंह, रवि रंजन सिंह कुलभूषण के साथ ही थे और इन परिस्थितियों में क्या करें विचार विमर्श कर रहे थे अभी तक यह तय नहीं कर पा रहे थे कि उनका अगला कदम क्या हो।

यहां यह बताएं वो विभु गौरी ने आज की देविका की प्लानिंग की वार्तालाप की ऑडियो बना ली थी, जिसे उसने कुलभूषण को भेज दिया कुलभूषण ने भी विभु गोरी को जो की एक ट्रेन्ड जासूस थी से कहा, वह वही रहे देविका को कोई शक ना हो, भनक भी नहीं लगनी चाहिए, वह अपनी गतिविधियां वही

रखे जैसे उससे देविका ने चाहा है। डॉक्टर रागिनी को क्या करना चाहिए हम देखते हैं। कुलभूषण ने विभु गौरी को निर्देश देने के बाद एक मैसेज केवल सिंह को किया पता लगाया वह उस समय कहां पर है फिर आगे का प्लान बनाने की सारी डिटेल रमन सिंह और रवि रंजन सिंह से की। अब तक वह दोनों ही सदमे से बाहर नहीं आ पाए थे और सोच रहे थे ऐसा भी हो रहा है हमारी देविका ऐसा भी कर सकती हैं शाम हो गई थी, शाम 3 बजे कुलभूषण ने कहा, अब क्या करें।

रवि रंजन – आप सुझाए,

रमन सिंह – सबसे पहले डॉक्टर रागिनी को कहे कि वह सीधे अकेले घर न जाए और सावधान रहें।

कुलभूषण – मेरा मत है हमें आज षड्यंत्र की श्रृंखला को तोड़ देना चाहिए। आज देविका को पता चल जाना चाहिए हम सब जानते हैं।

रमन सिंह – हमें घर पहुंचना चाहिए हमें हर हाल में रागिनी को बचाना है।

कुलभूषण – आप चिंता ना करें डॉक्टर रागिनी का बाल भी बांका अब कोई न कर सकेगा वह विभु गोरी ही उसकी रक्षक हैं। हां चले हम तीनों लोग आपके घर ही चलते हैं रागिनी को कुछ भी कहने की या बताने की जरूरत अभी नहीं है। देविका की गतिविधियों पर केवल सिंह की नजर है। हमें आज देविका को षड्यंत्र की श्रृंखला बनाते रहने से रोकना है।

रवि रंजन सिंह – ठीक है मुझे आप पर पूरा भरोसा है कुलभूषण।

रमन सिंह – तो रागिनी को कोई कुछ भी ना कहे ना बताएं हम लोग 4 बजे तक घर पहुंच जाएंगे।

कुलभूषण – हाँ रमन आप निश्चिंत रहें। कंट्रोल से बाहर नहीं है।

रमन सिंह मेरा विश्वास तो देविका पर पहले ही टूट चुका है, आज तो अंत ही हो जाएगा।

रवि रंजन सिंह – अपने आप को संभालो रमन।

कुलभूषण – आज कम से कम, देविका का षड्यंत्र नाकाम होने से डॉक्टर रागिनी तो सेफ होगी।

रमन सिंह – हां यह अच्छी बात है।

रास्ते में ही कुलभूषण एक बार फिर केवल सिंह एवं विभु गोरी को मैसेज भेजा और उधर से रिप्लाई आने पर चैन की सांस ली फिर वह रमन सिंह और रवि रंजन से बोले सब कुछ सही चल रहा है। लगभग आधे घंटे में आपस में देविका के आज के षड्यंत्र पर बातें करते सोचते, आगे क्या होने वाला है, तीनों एक ही गाड़ी में आए ड्राइव रमन सिंह कर रहे थे। उन्होंने ड्राइवर लेना उचित नहीं समझा था। रमन सिंह, रवि रंजन और कुलभूषण तीनों पांच बजे से पहले ही पहुंच गए थे। रास्ते में ही रवि रंजन सिंह ने रोहिणी को फोन पर आज घर सीधे पहुंचने को कहा था और बताया था हम तीनों पहुंच रहे हैं। आपका भी घर पर पहुंचना आवश्यक है। रोहिणी को कुछ तो पता नहीं था, परंतु उसे घर पर पहुंचना वो भी जल्दी और आवश्यक है आईडिया लग गया था कुछ तो विशेष बात है। रोहिणी भी 5 बजे से पहले ही घर पहुंच गई। रमन, रविरंजन, कुलभूषण वहां पहले ही पहुंच चुके थे।

अब कुलभूषण से रमन सिंह ने कहा व्हाट इस नेक्स्ट, रोहिणी कुलभूषण को जानती थी यह एक सफल जासूसी फॅर्म चला रहे हैं, परंतु यह उसे पता नहीं था कि रमन उसकी डिटेक्टिव एजेंसी को हायर किए हैं। जैसे ही 5 बजे डॉक्टर

रागिनी घर पहुंची तो रमन और रोहिणी ने उसका परिचय कुलभूषण से कराया और उसे बताया आज यहाँ सबका इकट्ठा होना आपको षड्यंत्र से बचा लेना है। हिम्मत वाली रीगनी सब सुनकर सरप्राइज हुई परंतु नर्वस नहीं हुई। डॉक्टर रागिनी ने डॉक्टर रुकन अपने पति को रास्ते में ही फोन पर बताया था कि वह घर पहुंच रही है और डॉक्टर रुकन ने उसे कहा था, वह भी 5 बजे तक पहुंच जाएगा। कुलभूषण ने विभु गोरी को मैसेज कर दिया अब वह यह कहकर कि काम हो गया है देविका को घर आने का बता सकती है। केवल सिंह ने देविका को देर तक घर आने से रोका था। कार में कुछ चेकिंग करने के बहाने परंतु कुलभूषण का सिग्नल मिलते ही उसकी गाड़ी ठीक हो गई वो मैसेज मिलने पर घर पहुंचने को व्याकुल थी जैसे ही उसे केवल सिंह ने कहा गाड़ी ठीक हो गई है उसने उसे जल्दी घर चलने के लिए कहा। केवल कुलभूषण को बता चुका है देविका ऑन द वे टू बैक होम। देविका के पहुंचने से पहले ही डॉक्टर रुकन भी घर पहुंच चुके थे। पहले तो कुलभूषण के पूछने पर पुलिस बुलाने के लिए रवि रंजन अपनी सहमति दे चुके थे, परंतु अब उन्होंने कुलभूषण से कहा पुलिस ना बुलाए। हां आज षड्यंत्र श्रंखला का वह पटाक्षेप चाहते जरूर थे। पहले तो कुलभूषण अपनी ड्यूटी और कानून की बातें सोचते थे, अब जब रवि रंजन सिंह ने उसे कहा था कि पुलिस ना बुलाये वह मान गए थे। अभी मामला पुलिस सॉल्व नहीं करेंगी। रवि रंजन की गाड़ी और कुलभूषण की गाड़ी भी आ चुकी थी। ड्राइवर लेकर आ गए थे। लगभग 5:30 बजे देविका घर पहुंची, वहां पर सारे कार्य देखकर उसे विश्वास हो गया कि जो विभु गोरी ने फोन पर बताया है, वह घटित हो चुका है। आज तो रागिनी को सबक मिल चुका है, बड़ी आदर्शवादी बनती थी घर में। रमन, रवि रंजन, रुकन, रोहिणी, और कुलभूषण, उन्हें देविका नहीं जानती थी। सबको तथा नौकरों को घर में सामने देखकर आश्चर्यचकित हो गई। रागिनी घर आ

चुकी है परंतु यहां नहीं है कुछ तो हुआ है, वह घर में पहुंची और आते ही रोहिणी की ओर गम्भीरता से देखा और बोली मम्मी रागिनी को क्या हो गया वह कहां है, सेफ तो है, रोहिणी शांत, परंतु चुप देविका की ओर देखकर, बोली, कुछ नहीं अब देविका की शंका बढ़ गई और उसने रुकन से कहा, रुकन रागिनी है कहां उसे क्या हुआ है कोई मुझे बताता नहीं उसे हुआ क्या है, कोई तो मुझे बताएं अधीर होते हुए देखा देविका ने रवि रंजन की ओर, फिर रमन की को देखते हुए लगभग चिल्लाते हुए बोली यह हो क्या गया है मुझे कोई बता नहीं रहा कुछ भी, आखिर रागिनी है कहां और वह ठीक तो है या उसे कुछ हो गया है। अब सबसे कुछ पता नहीं चलते देखा देविका ने रमन से कहा तुम बताओ। रमन सिंह ने कहा देविका तुम वास्तव में नाटक अच्छा कर लेती हो, तुम्हें लगता है रागिनी के साथ कुछ बुरा होने वाला था। अतः तुम नाटक किये जा रही हो तुम देखने में बड़ी शुभचिंतक हो। बीच में ही देविका चिल्ला पड़ी और कहा हां मैं उसकी सबसे बड़ी शुभचिंतक हूँ, आखिर वह मेरी प्यारी देवरानी थी। सबकी नजरें देविका पर केंद्रित होने लगी। अब अपनी ओर सबको देखते हुए वह हड़बड़ाने लगी, तभी सामने से स्वस्थ, प्रसन्न मुद्रा में डॉक्टर रागिनी नजर आई। डॉक्टर रागिनी बोली हां दीदी मैं सेफ हूं। देविका ने कहा मुझे तुम्हारी चिंता थी। पता है मैं विचलित हो गई तुम्हें यहां पर न देखकर। मन में बुरे – बुरे ख्याल आ रहे थे। इससे पहले कि कोई कुछ प्रतिक्रिया देता रमन सिंह ने देविका से कहा यह है प्राइवेट डिटेक्टिव मिस्टर कुलभूषण पारिवारिक षडयंत्रों को सॉल्व करने में एक्सपर्ट है। हमारे परिवार में पिछले कुछ समय से बहुत सी घटना या दुर्घटना होती आ रही हैं उसकी जांच करने के लिए हमने इनकी सर्विस हायर की थी और देखो कम समय में ही मिस्टर कुलभूषण की डिटेक्टिव एजेंसी ने कमाल कर दिखाया। यह सब सुनकर देविका का मानो काटो तो खून नहीं की स्थिति हो गई थी, वह कुलभूषण की ओर देखकर बोली

कुछ नहीं। उसके चेहरे पर चिंता की लहरें जरुर महसूस कर रहे थे वहां उपस्थित सब जन।

अध्याय-21

देविका एक्सपोज हुई

घर में सभी सोच रहे थे, यह हो क्या रहा है। देविका का नाटक देखकर तो यह समझ ही गए थे सब, कि देविका रागिनी की शुभचिंतक तो हो ही नहीं सकती। उसे आशा थी कि विभु गोरी ने अपना वह काम कर दिया है जो उसने उसे समझा कर प्लान के साथ दिया था, इसीलिए घर में सबको देखकर वह यह नाटक इसीलिए कर रही थी, क्योंकि वह अपने आप को सेव कर रही थी, रागिनी को सामने देखकर उसे सारी स्थिति साफ हो गई थी रागिनी को देखकर वह अब जान गई थी कि वह फंस गई है उसका षड्यंत्र एक्सपोज हो गया है। अब वह अपनी अगली चाल सोच रही थी कि उसे डिटेक्टिव कुलभूषण का वहां होना, उसके पति रमन का उसे हायर करके जांच कराना, से स्पष्ट हो गया था कि उसके सारे भेद खुल चुके हैं, हो सकता है उसके सारे षडयंत्रों का पता परिवार को और उसके पति रमन को जानकारी हो गई है। वह पूरी तरह फंस गई है, उसका क्या होगा आदि आदि चिंताओं में घींरी देविका कुछ एक्सक्यूज सोचती रही और शांत थी, उसके चेहरे पर कई भाव आ रहे थे, जा रहे थे, रमन सिंह का देविका से विश्वास तो उठ ही चुका था। आज की रागिनी एपिसोड से सारा का सारा रहस्य उसके सामने आ ही चुका था। वह यह सोचकर परेशान था कि अब आगे हम क्या करेंगे, वह कानून में विश्वास रखने वाले व्यक्ति थे। रवि रंजन सिंह अब वहां चुपचाप बैठे थे। उन्हें सारा मालूम था उनकी पुत्र वधू देविका एक षड्यंत्रकारी बहू है। वह हमारे परिवार को ही समाप्त करने पर तुली थी। उसने रमन सिंह की ओर देखा एवं

उनका ऐसा ही चेहरा देखकर रमन का मन विचलित होना ही था।

अब देविका चुपचाप पता नहीं क्या सोच रही थी। वह वहां से उठकर जाने लगी तो कुलभूषण डिटेक्टिव बोले भाभी जी आप अभी आप यहां से कहीं नहीं जा सकती। रमन और रवि रंजन सिंह दोनों ने भी उसे कहा अभी यहीं बैठो आज की घटना और पहले की सारे षडयंत्रों का जिन्हें इस परिवार ने झेला है का पटाक्षेप होना है। कुलभूषण, रमन और रवि रंजन सिंह से इशारा पाकर लोकल पुलिस को सिंह साहब के घर पर बुला चुके थे। पुलिस किसी भी क्षण आने वाली थी। कुलभूषण का सहकर्मी ड्राइवर केवल सिंह सबूत का पिटारा लिए घर में आ गया। अब वह अपनी नॉर्मल ड्रेस पहना था। विभु गोरी भी अपने सबूत का पर्स लेकर आ गई थी और वह अपनी नॉर्मल ड्रेस में ही थी। रुकन थोड़ा ज्यादा डिस्टर्ब लग रहा था, वह सोच रहा था क्या उसका एक्सीडेंट जिसमें उसकी जान जाते–जाते बची थी देविका भाभी ने ही कराया था और हां देविका भाभी रागिनी का क्या करने वाली थी, पता नहीं क्या हो जाता। रमन सिंह ने रक्षक कुमार और सुरंका को बता दिया था कि वह तुरंत उसके घर आ जाएं और हां संजीव बाली रानी रूपमती को भी साथ लेते आये। पुलिस और रक्षक कुमार साथ–साथ ही पहुंचे। रक्षक ने बताया पापा, मम्मी राजधानी गए हैं अब जब सब वहां पर, क्या होने वाला है यहां। देविका का क्या खुलासा होने वाला है, ही सोच रहे थे। अब रमन सिंह ने सबको संबोधित करते हुए कहा आज हम सब यहां पर हैं और हमारे परिवार में जो अब तक षड्यंत्र चल रहा था उसका खुलासा करने जा रहे हैं। हमारी पुलिस जानकर हैरान हो गई कि ऐसा भी होता है, हुआ है, आज भी होने वाला था, षड्यंत्र और उससे होने वाली महान हानि। कुलभूषण की ओर देखते हुए रमन बोले उनसे मिलिए यह है कुलभूषण चौहान हमारे प्रदेश के सबसे जाने–माने डिटेक्टिव यह मेरे बचपन के मित्र भी हैं। हमारा

परिवार पिछले कुछ महीनो से घटनाओं और दुर्घटनाओं से दो–चार होता रहा है। वास्तव में वह घटनाएं या दुर्घटनाएं नहीं, प्लान करके षडयंत्रों का परिणाम था वह भी बाहरी नहीं भीतरघातों का परिणाम है। आज कुलभूषण चौहान अपनी फोर्स के साथ यहां है विभु गोरी और केवल सिंह उनके सहकर्मी भी यहीं पर उपस्थित हैं हमने इन्हें रोज–रोज होने वाले घटनाएं फेस करते हुए हायर कर पुलिस के साथ प्राइवेट डिटेक्टिव एजेंसी हायर की। कुलभूषण चौहान ने हमें भरोसा दिलाया वह अधिक से अधिक 3 महीनों में सूत्रधार का पता लगा लेंगें।

यहाँ सब उपस्थित जन सांस रोक मानो सुन रहे थे कोई नहीं बोल रहा था। सब की उत्सुकता आंखें, कान यह सब सुनने और देखने की अभिलाषा लिए थे। रवि रंजन और रोहिणी अत्यंत पीड़ा में दिख रहे थे, रागिनी विस्मित थी, रमन चिंता ग्रस्त और गुस्से में थे, परंतु कोई कुछ नहीं बोल रहा था अपनी बात साफ करते हुए रमन सिंह बोले हां तो कुलभूषण चौहान जी आप इस सब का पटाक्षेप करें और जितने सबूत आपने जुटाये हैं या आपको मिले हैं। सब श्री नीरज गुप्ता जी को साझा करें

नीरज गुप्ता भी आश्चर्य चकित थे।आज यहां क्या होने जा रहा है। लगता है कुछ बड़ा होने जा रहा है रवि रंजन सिंह जी के परिवार में। नीरज गुप्ता, रघुपुर पुलिस स्टेशन का उनका ट्रेड रिकॉर्ड बहुत अच्छा था परंतु सिंह परिवार के साथ होने वाली घटनाओं, दुर्घटनाओं को सॉल्व करने में ज्यादा सफल नहीं हो पा रहे थे। उन्हें कभी–कभी लगता था कहीं यह सारी घटनाएं भीतरघात षड्यंत्र तो नहीं, फिर परिवार को एक सामजस्य देखकर इस दिशा में ज्यादा ध्यान नहीं दे पाए थे। हां सारे केस की एफ आइ आर उनके पुलिस स्टेशन में दर्ज थी और इंक्वारी चल रही थी वह यह सोचकर खुश भी हो रहे थे चलो इस प्राइवेट डिटेक्टिव एजेंसी ने सबूत लिए हैं या उन्हें मिल गए हैं। यह सारे

केस हम सॉल्व जरुर कर लेंगे और अपराधी को सजा भी दिला पाएंगे। नीरज गुप्ता जी अब कुलभूषण चौहान की ओर जिज्ञासा से देखने लगे।

देविका यहां सोफे पर बैठी रही, ना कुछ बोल रही थी ना कुछ प्रतिशोध कर रही थी अब तक वह जान चुकी थी उसके क्रियाकलायंत्रों का आज जैसे ही खुलासा हुआ वह तो अपराधी बन जाएगी। उसका क्या होगा उसे सजा भी हो सकती है। पता नहीं कितने साल की सजा हो जाए। पापा जी रवि रंजन सिंह उसे माफ कर दे वो उसे हमेशा अबोध मानते अदि हैं। वह रमन से नजरें चुरा रही थी, रमन उसे सही मानता था, कितना गहरा प्यार करता रहा है, वह अब क्या सोचेगा मम्मी रोहिणी का विश्वास उससे उठ जाएगा और रुकन जिसकी वह प्यारी भाभी रही थी क्या करने वाला होगा जब उसे पता चलेगा मैं रागिनी की जिंदगी से खिलवाड़ कर रही थी। प्रोग्राम आज होने वाला था। जिज्ञासा जीजी डॉक्टर रोहित जीजा जी पहले से ही टेंस रिश्ते रखते हैं अब जब उन्हें पता चलेगा मेरा वह सब तब तो क्या सोचेंगे और कैसे रिएक्ट करेंगे। रक्षक और सुरंका यहां घर पर है सब जानकर कैसे लेते है पता नहीं।

कुलभूषण चौहान ने कहना शुरू किया। सबसे पहले अलंकार और नमन का किडनैपिंग यह देविका ने अपने सहयोगी मिस्टर बृजमोहन पालक के द्वारा रघु कुमार एवं ठक्कर द्वारा करवाया, रुपए देकर कराया और जब पुलिस की गतिविधियां बढी तो तुरंत बच्चों को ठक्कर के द्वारा रघुपुर पुलिस स्टेशन पहुंचवा दिया, घर में यह नाटक करती रही। ऑडियो और वीडियो, सीडी, टेलीफोन या कन्वर्सेशन रिकॉर्ड, देविका के बैंक स्टेटमेंट रघु कुमार आर ठक्कर के साथ फोटो, डॉक्टर रोहित जिज्ञासा के घर रेड, देविका ने मैनेज किया टेलीफोन मैसेज लिखित शिकायत देविका ने कराई, रेड नाकाम रही। डॉक्टर रुकन सिंह का रोड

एक्सीडेंट की प्लानिंग भी देविका ने की, रघु कुमार को हायर किया उसने टेंपो चोरी कर रुकन का अस्पताल से निकलते से ही एक्सीडेंट कर भागा और शहर में टेंपो को रोड किनारे पार्क कर भाग गया। इस सबके लिए देविका ने रघु कुमार को 5 लाख दिए। गलती से रघु कुमार का कन्फेशन स्टेटमेंट हमारी केवल सिंह के मोबाइल में रिकार्ड हो गया। जब एक दिन केवल सिंह ने उससे शराब पार्टी में प्राप्त कर लिया था। रघु कुमार सनतुस्ट नहीं रहा था तो देविका को ब्लैकमेल करने लगा, ब्लैकमेल करना यह सारे सबूत केवल सिंह ने जुटाए। देविका ने डोगरा वाली के रविरंजन सिंह रमन सिंह जी से होने वाली डील को कैंसिल करवाने के लिए गोपी सिंह फाइनेंसै डायरेक्टर डोगरा प्राइवेट लिमिटेड को 10 लाख रुपए में हायर किया परंतु गोपी सिंह कॉल कर पाने में उस समय समर्थ नहीं हुए। जब रवि रंजन ने 50% पेमेंट कर दिया और डील को कैंसिल होने से बचा लिया सारे सबूत देविका गोपी सिंह के पेमेंट बातचीत केवल सिंह के पास है और अब आज का अनर्थ होने से बचा लिया गया। हमारी सहकर्मी विभु गोरी ने जिसे सिंह हाउस में हमने नई नौकरानी बनाकर लगवा दिया जिसने जल्दी ही देविका का विश्वास जीता और असली हमराज और सहायक बन गई। आज घर में कोई नहीं था देविका ने विभु को प्लान बनाकर डॉक्टर रागिनी को आज शाम 5 बजे घर अस्पताल से घर अकेले आने वाली थी उनका उद्देश्य हानि पहुंचाना था। विभु गौरी ने सारी बातें रिकॉर्ड कर ली कुछ पार्टी की वीडियो और कुछ बातों की वीडियो भी बना ली और हमें अलर्ट किया ताकि रागिनी को बचाया जा सके। केवल सिंह ने देविका के आज के सारे मूवमेंट की जानकारी हमें भी दी और हम सब ने मिलकर उसे कामयाब न होने दिया। वास्तव में विभु गौरी स्वयं डॉक्टर रागिनी को नुकसान नहीं होने देती, फिर हम सबको देखकर देविका ने जो ड्रामा किया वह भी हममे से कुछ लोग देख ही चुके हैं सबूत विभु गोरी दे दो। क्रमवार सारे षडयंत्रों का

विवरण, मोड ऑफ अपरैण्डी अपडेटेड, प्लानिंग, रिकॉर्ड फोटो, वीडियो स्टेटमेंट फोन कन्वरसेशन आदि सारे सबूत उनके पास है। देविका चुप रही और जब रमन ने उसकी और हीन दृष्टि से देखा, वह चुप रही उसे उसकी स्वीकृति माना जाने लगा।

कुलभूषण ने अपनी बात समाप्त की सारे सबूत सारी डिटेल सब नीरज गुप्ता के सम्मुख प्रस्तुत कर दी। नीरज गुप्ता इतना बोले सबूत सारे पुखता हैं देविका सजा से बच नहीं पाएगी। उसने अपराध किया है परिवार को धोखा देती रही है विश्वास तोड़ा है अपने पति का भी परिवार का भी, देविका ने सर उठाकर रोहिणी और रवि रंजन की और देखा और आंखों में अपने लिए घृणा पाकर नजरें नीचे कर, सर झुका लिया। रक्षक और सुरंका की ओर नहीं देख पाई षडयंत्रों का पटाक्षेप हो गया। उन सभी पारिवारिक षडयंत्रों के पीछे उनकी रचियता और केन्द्र बिंदु पाई गई। देविका सिंह की उस समय विचित्र स्थिति हो गई। जब नीरज गुप्ता और कुलभूषण चौहान ने कहा

कुलभूषण चौहान – यह थी सारे षडयंत्रों की रूपरेखा और कर्ताधर्ता देविका के अपराधों की कहानी।

नीरज गुप्ता – सारे सबूत विवेचना कुलभूषण जी के सहयोग से अब हमें मिल गए हैं अपराधी को सजा दिलाने के लिए पर्याप्त हैं।

रवि रंजन सिंह – अब आगे क्या होगा, आप क्या करने जा रहे हैं

रोहिणी सिंह – घर की बहू का मामला है।

नीरज गुप्ता – इनके बारे में आप अभी सोच रहे हैं जबकि इन्होंने तो जान लेवा हमले कराने में भी गुरेज नहीं की। इन्हें हम अरेस्ट करेंगे और कल कोर्ट में पेश करेंगे। हमें चार्टशीट बनाने में देर नहीं लगेगी, सारे सबूत चीख–चीख कर बताएंगे कोर्ट में

देविका अपराधी है इसमें सारे अपराध सोच समझकर प्लान बनाकर किए हैं, कराए हैं।

रवि रंजन – अभी तो पुलिस देविका को अरेस्ट करेगी ही कल जब कोर्ट में पेश करेंगे तब हम देखते हैं, क्या करना है।

रोहिणी – घर की बहू गुनहगार निकलेगी कभी सपने में भी नहीं सोचा था। उसने तो सारी हदें पार की है हमारे बेटे की तो लाइफ ही खराब कर दी उसने। इतना भी नहीं सोचा देविका, तुम्हारी बुद्धि मारी गई थी क्या।

देविका –रमन मुझे माफ कर दो आइन्दा कभी कुछ नहीं करूंगी।

रक्षक – देविका हमने तुम्हारा क्या बिगाड़ा था। हमारे बेटे को क्यों किडनेप कराया।

सुरंका – देविका तुमने सारे रिश्ते – नाते ताक पर रखकर यह सारे जो अपराध किए हैं तुम्हें सजा जरूर मिलेगी।

देविका – रक्षक, सुरंका मुझे माफ कर दो।

रूकन सिंह – भाभी आपने हमारे अपने रिश्ते की धज्जियां उड़ा दी है, भूल गए हैं, आपका मैं कितना मान सम्मान करता था, आप मेरी भाभी कम फ्रेंड ज्यादा थी। सब भूल गई तुम मुझे मारना चाहती थी मेरा कसूर।

डॉक्टर रागिनी – देविका भाभी मैं आपसे अब क्या कहूं आपने तो इंसानियत छोड़कर राक्षसीरूप धारण कर लिया है जलन और ईर्ष्या की सीमा होती है आप जलन एवं ईर्ष्या में सारी हदें पार कर गई मुझे आप क्या करने वाली थी और मैं आपको अपना शुभचिंतक और हितैषी मानकर चल रही थी।

देविका सिंह – रोते–रोते रागिनी मुझे माफ कर दो मुझसे भूल हो गई।

रमन सिंह – देविका यह भूल नहीं षड्यंत्र है, जानबूझकर सोच समझकर प्लान करके किया गया अपराध इसमें माफी नहीं मिलेगी तुम्हें सजा मिलेगी कोई बचा नहीं पाएगा।

देविका – रोती हुई रमन मुझे माफ कर दो, बचा लो मुझे मैं आपकी प्रिय पत्नी हूं तुम तो मुझे बहुत प्यार करते हो मुझे बचा लो माफ कर दो

विभू गौरी – माफ करना मैं आपको बचाने नहीं, सजा दिलाने में सहायक हूं, पर क्या करें आपका अपराध माफी लायक ही नहीं आपको बचाया नहीं जा सकेगा सजा तो जरूर होने वाली है आपको।

केवल सिंह – देविका भाभी आपको सजा दिलाने में सहायक है हम, करते भी तो क्या आप तो हैबिट्यूल अपराधी बनती जा रही थी, भगवान भी आप पर दया नहीं करने वाला।

कुलभूषण चौहान – देविका भाभी हम ऐसे आज मिलेंगे कल्पना भी नहीं की थी, अपने गुनाह किया है सजा मिलेगी जरूर, आप पश्चाताप करें

नीरज गुप्ता – लेडीज पुलिस श्रीमती मोना अरेस्ट, श्रीमती देविका रमन सिंह।

रोहिणी, रवि रंजन, रक्षक, रागिनी, कुलभूषण चौहान, केवल सिंह विभु गोरी, सब देखते रहे और पुलिस नीरज गुप्ता की टीम देविका सिंह को अरेस्ट करके ले गई। पुलिस देविका सिंह को ले गई कुछ समय कुलभूषण टीम वहां रही थी, रमन सिंह से बात कर रवि रंजन सिंह को स्वीकृति लेकर कुलभूषण अपनी टीम के साथ चले गए।

रक्षक और सुरंका – मौशी जी देविका का क्या सोचा है।

रवि रंजन सिंह – अभी कुछ नहीं और सोचे भी तो क्या उसने कोई रास्ता छोड़ा है।

सुरंका – देविका अब अपराधी है उसे घर में नहीं लाना चाहिए डिवोर्स करना होगा और इन स्थिति में तलाक मिलेगा।

रमन सिंह – अभी हम कुछ नहीं सोच रहे और ना ही सोचने समझने का समय है, देविका ने अपराध किया है और उसे सजा देगी कोर्ट, देविका को सर झुका कर पश्चाताप करना होगा सजा भुगतनी होगी।

आगे का क्या सोचे अभी तो वह अपराधी है सजा के बाद, पश्चाताप के बाद आती हैं तब सोचेंगे अभी तो उसे जेल जाने दो।

www.ingramcontent.com/pod-product-compliance
Lightning Source LLC
LaVergne TN
LVHW100832051026
849519LV00006B/2266
* 9 7 8 9 3 6 4 3 1 9 7 1 3 *